# Gusanos

Eusebio Ruvalcaba

# Gusanos

**colección marea alta**

México ♦ Miami ♦ Buenos Aires

*Gusanos*
© Esusebio Ruvalcaba, 2013

D. R. © Editorial Lectorum, S. A. de C. V., 2013
Batalla de Casa Blanca Manzana 147 Lote 1621
Col. Leyes de Reforma, 3a. Sección
C. P. 09310, México, D. F.
Tel. 5581 3202
www.lectorum.com.mx
ventas@lectorum.com.mx

    L. D. Books, Inc.
    Miami, Florida
    ldbooks@ldbooks.com

Primera edición: febrero de 2013
ISBN: 978-607-457-280-3

D. R. © Portada e interiores: Daniel Moreno

Características tipográficas aseguradas conforme a la ley.
Prohibida la reproducción total o parcial sin autorización escrita del editor.

Impreso y encuadernado en México.
*Printed and bound in Mexico.*

*In memoriam*
Jack London, Guy de Maupassant y Anton Chejov

El autor agradece el apoyo
del Sistema Nacional de Creadores del Conaculta

*Ésta ha sido la única ambición que he podido satisfacer,
sin experimentar la amargura de la desilusión.*
William Somerset Maugham

## El nombre de ella

Sintió que el piso se hundía bajo sus pies. Allí estaba, a sólo unos metros, la mujer de la que había estado perdidamente enamorado hacía apenas un año. O tal vez menos. La miró en una combinación de incredulidad, fascinación y reclamo.

Vino a su mente uno de los múltiples pleitos que habían tenido, que al final de su historia, de la historia vivida por ambos, se había convertido en la marca de todos los días. Porque los pleitos eran el pan cotidiano. ¿Cómo había acontecido semejante cosa? No sabría responder a ciencia cierta. Sin duda, los celos eran elemento protagónico. Primero fueron los celos de él, y luego los de ella. Cada uno era proclive a la seducción del sexo opuesto. Se dejaba cautivar y perdía la cabeza. Les había pasado docenas de veces. Y lo que en un principio era divertido y peligroso, o cuando menos atractivo y emocionante, terminó convirtiéndose en una pesadilla. Porque llegaba un momento en que no había control alguno, y cada quien se precipitaba en su propio abismo. Del reclamo iracundo pasaban al insulto, a las palabras soeces y terribles que el uno y el otro dominaban, y que cada vez parecían adquirir tintes dramáticos, más bien insoportables. Al grado de que amigos mutuos —pues solían echarse en cara lo que fuera aun delante de terceras personas— les aconsejaban ser prudentes antes de que sobreviniera una tragedia sin V de vuelta.

Cuando sus ojos negros se depositaron en aquella mirada verde —la más hermosa del mundo, se decía él—, no pudo evitar una mal disimulada sonrisa. Que lo viera ella, aun de soslayo, pero que lo viera. Que advirtiera cómo alguien era capaz de reírse de tan extraordinaria belleza. Sabía que no podía hacer nada. Ni dirigirle palabra alguna. Iba acompañada de un hombre —seguramente LM, así le decían cuando pasaban lista a los numerosos hombres de los que ella se jactaba— que no le quitaba la mano de encima, es decir, que no la soltaba. Cuántas veces se la había imaginado en brazos de otro. Cuántas veces, con alcohol o sin alcohol, la había imaginado en la cama con otro hombre. Un hombre sin rostro, por cierto. Pero cuyas siglas —LM— lo desquiciaban. Aunque podía ser cualquier otro. Entonces perdía la noción de las cosas. Había extinguido al lado de esa mujer todos los niveles de su resistencia. Sólo verla era la provocación de un estallido. Su cuerpo parecía cargado de una bomba de tiempo. La adrenalina iba y venía desde su estómago hasta la última de sus terminaciones nerviosas. Un millón de veces se había jurado que sólo matándola encontraría la paz. Y esa idea merodeaba por su cabeza hasta que ella se lo propuso: ¿y si nos matamos? Tú no puedes ser mi hombre porque eres casado, y yo no puedo ser tuya porque no estás conmigo cuando me entra el deseo. ¿Y si nos matamos? Pero él se había limitado a responder: ¿Y tu hijo? Que se quede con su padre. Yo no quiero ni puedo vivir más sin ti. Consigo la pistola de mi papá, se la robo, y nos damos un balazo en la sien. Yo primero y luego tú, para que veas que no me voy a echar para atrás. En la sien. Y enseguida te disparas.

Eso hubiera hecho.

Se la imaginó en la cama con ese hombre. Con LM. Una punzada le atravesó la cabeza y lo hizo trastabillar. Los vio haciendo el amor. A ella arriba de él. A él arriba de ella. Nada le provocaba tanto placer, en la medida que nada lo torturaba más. Era algo que escapaba a su entendimiento, pero que ahí estaba. Maldito entendimiento, se repetía y descargaba un puñetazo en la pared.

Pero él también —por fortuna, se dijo— iba acompañado. Y no mal acompañado. De una mujer rubia, que en alguna época remota había sido su amante. La había localizado, le prometió el mejor banquete del siglo, y habían acudido a aquel restaurante. Aquel sitio en el que tantas veces había estado con ella, en el que se habían declarado su amor, en el que se habían besado por vez primera; pero también en el que se habían insultado, vejado, propinado cachetadas y dicho las más atroces maldiciones.

Sin quitarle la vista, no pudo evitar el impulso de acercarse. Así que dejó a la rubia en la mesa que habían reservado, le dijo aguántame un segundo, ahora vuelvo —esperar que le sirvieran el aperitivo era demasiado tiempo—, y encaminó sus pasos hacia aquella mujer, hacia aquel sitio que se le antojaba tan cerca que podía tocar a su ex amante con sólo estirar la mano, y tan distante como una estrella en la bóveda celeste.

Eso hubiera hecho, suicidarse, en lugar de dirigirse hacia aquella mesa. El nombre de ella lo llevaba en la punta de la lengua.

## Una noche con Leonard Cohen

Pocos hombres como yo tienen conciencia —o acaso debería precisar: valor— de lo que voy a decir, pese al juramento de verdad que tengan hecho consigo mismos, o a su grado de honestidad probado en el trabajo o en las relaciones amorosas, terrenos ambos que exigen cierta entrega.

Odio a mi madre.

Odio a mi madre, es algo que me gustaría gritar en medio de una cantina atiborrada de hijos dóciles y educados —como ésta en la que ahora mismo estoy—, de una función de cine para niños donde los mocosos sólo sueltan la mano de su mami para llevarse a la boca un puñado de palomitas, o de un espectáculo por el día de las madres. ¿Alguno de ustedes se ha preguntado qué pasaría? ¿A alguno de ustedes le gustaría hacer la prueba? Primero tendría que hacerse un examen de conciencia y atisbar muy dentro de sí, aunque sea con la luz de un cerillo alumbrar ese sórdido interior y descubrir la podredumbre.

La detesto por dos razones. Porque es mi madre, la primera, y porque está viva (porque *vive*, sería menos brutal decir), la segunda.

Y aquí no cabe aquello de que matamos todo lo que amamos, de que no he podido sublimar complejos o estupideces así. Si las palabras tienen algún significado es aquel que se manifiesta con su evidencia aplastante y brutal. Te dicen entra, y entras, así de simple; te dicen vete y te vas, así de sencillo; te dicen cállate y te callas, así de fácil. Las palabras son las palabras, y yo aquí, ahora y siempre las utilizo para lo único que sirven: para decir lo que siento y pienso.

¿Quién no odia a su madre?, alguno de ustedes se preguntará por ahí, y añadirá por lo bajo: el tema más trillado del mundo. Cierto, pero qué ocurre cuando el hijo ha sido educado bajo las imbatibles alas del amor, cuando su madre le cantaba canciones de cuna noche tras noche, le narraba cuentos de prodigio y maravilla, le preparaba sus tortas para el recreo, o le almidonaba los cuellos de las camisas, ¿qué sucede entonces? ¿Qué habrá de acontecer en el alma de esa persona cuando en lugar de guardarle gratitud al ser que lo trajo al mundo, sólo tenga por él desprecio, repulsión que se traduzca en odio? ¿Qué tuvo que haber pasado? No sé en el caso de otras personas, ni me importa; en el mío, lo tengo claro: odio a mi madre porque me dio la vida.

Y eso es lo que estoy a punto de gritar. Quiero ver cómo se descompone la cara de todos estos pusilánimes, que no ponen en tela de juicio su presencia en este universo. Porque no es cualquier cosa estar aquí. Y no me refiero a las hambrunas ni a los incendios forestales, todo eso me tiene sin cuidado. En lo que estoy pensando es en la ignominia que significa ser una persona. En el deshonor, en la degradación que simboliza el desastre de estar vivos. Y estoy seguro que estos imbéciles se volverán contra mí a golpes. Que ni siquiera pensarán en la posibilidad de que les esté hablando con la verdad. Con *su* verdad. Quizás una sola voz se levante y me asegure que a quien hay que odiar es al padre. Que le rebata esa apreciación. Lo cual haría de las mil maravillas. Le preguntaría: ¿qué le duele más, que insulten a su padre o que insulten a su madre? Y cuando me respondiera que a su madre, lo acosaría brutalmente: ¿por qué, por qué? La respuesta es una: porque nunca estamos seguros de que nuestro padre sea nuestro padre. En cambio, siempre sabemos que nuestra madre es nuestra madre. Por eso digo que ella es la culpable, la verdadera causante de nuestro sufrimiento, de nuestra estulticia, de nuestra miseria.

Desconozco las consecuencias de esto que estoy a punto de hacer. Les abriré los ojos a todos estos estúpidos. Me escucharán. Por un segundo los aturdiré. Algunos fingirán que no han oído bien, o que no es asunto de ellos. Pero cuando identifiquen esa palabra de cinco letras, volverán su cabeza hacia mí. Alguno me dirá que soy un mal hijo, y que mi única salvación es el infierno. Otro me dirá que me calme, e incluso me ofrecerá una copa. Y alguno más se me quedará mirando desconcertado. Pero sin reflexionar, sin contemplar lo que ha sido ni lo que le espera. Por supuesto que existe la posibilidad de que uno entre todos éstos me desafíe a golpes, o de plano se levante y me tunda a puñetazos y patadas. Todo esto es claramente posible. Y lo acepto.

Pero si hay uno solo, uno, que por un segundo odie a su madre, que luego de oírme coincida conmigo, entonces me daré por satisfecho.

No sé qué estoy esperando.

¡Una!, ¡dos!, ¡tres! ¡Escúchenme!

## Dilema

Mariano Sepúlveda ocultó la botella de Buchanan's en el buró, tras los zapatos. Lo hizo lo mejor que pudo. No podía arriesgarse a que alguno de sus hijos lo descubriera. Por supuesto que no tenían por qué hurgar ahí, pero sabía que la curiosidad infantil era incontenible.

Se hizo para atrás y miró acuciosamente. Seguramente por tratarse de una botella achaparrada no se distinguía.

Tuvo el impulso de servirse un trago. Aunque podría conformarse con mojarse los labios de su whisky favorito; le bastaría con eso. Disfrutaba tanto ese whisky, era muy caro pero pellizcando su salario —ya muy quemado por lo que le tenía que dar a su ex esposa— le alcanzaba para comprarse una botella al mes, sin que su cartera lo resintiera.

Aunque fuera mojar sus labios. Allí estaba el vaso. Sobre el buró. Un *old fashion* siempre disponible. Desde el primer piso donde se encontraba, alcanzó a distinguir las voces de sus hijos. Estaban jugando en la sala.

¿Qué clase de pesadilla estaba viviendo? Ni él mismo sabía cómo había llegado hasta ahí, bebiendo por sorbos y a escondidas.

Bastaba con un trago para que se descompusiera por completo. Por eso tenía prohibido beber. Perdía el control, y dentro de él iba creciendo una violencia que no le era posible contener. Por eso tenía que encubrirse para beber. Cuando estaban sus hijos con él. Joaquín, de ocho años, y Omar, de seis, estaban aleccionados por su madre: "Si ven que su papá toma, me llaman y de inmediato voy por ustedes".

Lo había amenazado cantidad de veces. Pero no fue por el alcohol que lo había dejado, sino por un enamoramiento con un funcionario en la delegación donde trabajaba. Desde luego ante el juez había recurrido al alcoholismo de él, por lo que le dieron la custodia sin chistar. Así que cuando los niños pasaban algún fin de semana con su progenitor, él debía tomarlo como un favor. Como si en el fondo no se lo mereciera.

En su defensa, él dijo lo único que podía decir: que dejaría de beber, pero que no lo separaran de sus hijos; que seguiría manteniéndolos; que él no pedía nada para sí, excepto que aunque fuera de vez en cuando le permitieran tenerlos consigo.

Y cumplió. Cuando menos hasta donde más pudo.

Se sometió a una terapia que le pagaba el Estado. La psicóloga era una mujer entrada en años, más amargada que la directora de un reclusorio femenino. No hubo entendimiento posible. La doctora no quería escuchar razones sino sentimientos de culpa. A base de amenazas, le hizo jurar que no bebería más, que era un mal ejemplo para la sociedad civil. Incluso le recetó medicamentos, con la advertencia de que si bebía sufriría un shock brutal.

Tampoco podía dejar de ir a la terapia, porque el Estado le aplicaría una multa, además de que menos le permitiría ver a Joaquín y Omar. Así que decidió seguir yendo con la salvedad de que no escuchaba nada, de que hablaba por hablar; menos tomaba el medicamento.

Hizo a un lado los zapatos, extrajo la botella con terrible apremio, tomó el vaso y vertió una buena cantidad de whisky, la mitad. Sin tapar la botella ni preocuparse por volverla a su sitio, se llevó el vaso a la boca y bebió con tanto aplomo como nerviosismo. Hasta dar cuenta del contenido. De su boca escurrían hilos del whisky que se había desparramado por la ansiedad. Contempló el vaso y decidió beber un trago más. Con eso sería suficiente. E iba a llenarlo, cuando escuchó la voz inconfundible de Omar en un grito que le perforó los tímpanos:

—¡Papá, estás tomando! ¡Te voy a acusar con mi mamá!

—¡Espérate! —le ordenó al mismo tiempo que le arrojaba el vaso para detenerlo. O cuando menos hubiera jurado que ésa había sido su intención. El vaso siguió una trayectoria limpia y recta hasta la cabeza del niño. Se impactó un poco arriba de la oreja derecha. De ahí se desvió hasta estrellarse en el marco de la puerta y hacerse añicos. Omar se tambaleó, y, siguiendo su propia inercia, se precipitó escaleras abajo, dejando un rastro de sangre a su paso.

Joaquín salió corriendo de la sala —desde su ángulo de visión había visto rodar el cuerpo de su hermano como si fuera un muñeco de trapo. ¡Qué pasó? ¡Qué pasó?, preguntó a gritos. Parecían aullidos de una garganta animal. Con seguridad los vecinos llamarían a la puerta.

Mariano Sepúlveda apenas llegó a tiempo para tapar los ojos de Joaquín. No quería que mirara.

—Omarcito se cayó y se descalabró —respondió mientras ponía su mano libre en el pulso de Omar. No sintió correr la sangre ni pálpito alguno.

Eructó el whisky. Siempre le pasaba lo mismo con el Buchanan's.

—Háblale a tu madre y dile que venga de inmediato. Que tu hermano sufrió un accidente. Que se cayó de la escalera —ordenó sin dejar de felicitarse por el dominio que sentía crecer dentro de él.

Por su cabeza una idea empezó a dar vueltas de un extremo a otro: Qué era más importante, ¿que se lavara la boca o que subiera a recoger los cristales?

## El vuelo del búho

*Para Rafael Pastelín Vázquez*

Te levantas, y sin ningún afán melodramático, sin ningún *sui generis* incentivo ni conducta esnob, decides —así, tan simple como escoger una camisa— echar la hueva, no ir a trabajar, pues.

Piensas —mientras la oficialía de partes se va a mejor vida— que un paseo por el centro, en cambio, te sentará bien. Tal vez quieras recordar antiguas épocas cuando acostumbrabas caminar sin rumbo fijo por aquellas calles colmadas de recuerdos para ti. Del lado de tu madre. Y alguna vez de tu padre también.

Te vistes ligero, desayunas peor, y en un abrir y cerrar de ojos te encuentras saliendo de la estación Juárez.

Ya estás donde querías estar. Con las manos en los bolsillos caminas hasta un edificio que te resulta familiar: el Museo Nacional de Arte. ¿Cuántas veces has estado ahí? Lo ignoras. Pero ahora mismo crees haber visto un cartel en el que se anunciaba a un pintor o escultor que presentaba sus obras más recientes. Un artista aclamado en cielo, mar y tierra. No importa quién sea, pero ya que estás ahí. Será buena oportunidad.

Dos colegialas —¿hermosas?, no lo sabes, pero a ti te lo parecen— ratifican con carne tu decisión. Ellas también van al museo, meneándose sobre sus piernas sólidas y anchas. Seguirlas, mirando el suelo, observando las paredes. Disimuladamente o no, y distraerse mientras transcurre la mañana. No pides más.

Intentas ir tras ellas, pero algo te hace perder el ritmo, te estropea la cadencia que habías empezado a afianzar y que te hacía sentir en las nubes. Entonces vuelves tu vista a uno de los cuadros de los que el museo se jacta: *Hacienda de Chimalpa* de José María Velasco. Lo ves y algo extraño salta a la vista. No es la primera vez que te detienes ante él. Pero ahora distingues que los colores se están desparramando. Como si se fugaran de la pintura. No es posible. Parpadeas numerosas veces. Como para que la realidad se reacomode. Pero no hay tal. Delante de ti los colores escurren.

Vuelves tu mirada y observas acuciosamente otros cuadros. Nada. Todo está perfectamente normal. Entonces miras uno más de José María Velasco. Su *Valle de México de 1890.* Y lo mismo. Los colores han terminado por escurrir y ahora empiezan a manchar la pared. Del asombro pasas al terror. Aunque quizás todo no sea más que una maldita confusión. Suele pasar. Algo inexplicable. Las colegialas están tomando apuntes, y te aproximas —en otras circunstancias jamás lo habrías hecho— y les señalas los cuadros de Velasco. Pero ellas deciden poner tierra de por medio. Les das miedo. Y es evidente que no están dispuestas a escucharte. Quién sabe qué piensen de ti. Caminando como si estuvieras ebrio recorres el resto de la sala. Todo está como debe estar. Hasta que te topas con otro cuadro de Velasco: *Camino a Chalco con los volcanes.* Cuando lo miras, pierdes el equilibrio y caes estrepitosamente al suelo. Como si alguien te hubiera dado una patada en los bajos. La gente se te queda viendo, y alguien se acerca y te ayuda a incorporarte. Te dicen que si necesitas ayuda y dices que no, que gracias.

No te atreves a mirar una vez más las pinturas de Velasco. Si era el artista favorito de tu madre. Mejor aún, de tus padres. Aficionados a la cultura en general y a la pintura en particular, aún tienes presente los libros que te mostraban de la vida y obra de aquel pintor. Paso a paso tu madre te explicaba la grandeza de su obra mientras tu padre observaba la escena, sonriente y ensimismado. Todavía hace poco tú mismo tomaste uno de esos libros y lo hojeaste. Incluso te encontraste una flor a modo de separador, en la lámina correspondiente a la pintura que le gustaba a tu madre por encima de cualquier otra: *Los ahuehuetes.* Reviviste entonces aquellas intimidades. Pero también vino a tu mente el momento en el que tu madre fue atropellada, precisamente en un recorrido por el centro, por estas calles que acabas de caminar. ¿Por qué no te atropellaron a ti?, siempre te lo preguntaste. Y seguramente tu padre también se lo preguntó cuando decidió darse aquel balazo en la cabeza.

Ves a un policía que acude hacia ti. Pero tú no estás dispuesto a hablar con nadie. Corres. Y el policía corre atrás de ti. Con el rabillo del ojo, ves *Los ahuehuetes.* Los colores le escurren como si fueran la sangre de la pintura. La sangre de Velasco. Avistas el vacío. La escalera de mármol en espiral. Tres pisos. La gente se hace a un lado para dejarte pasar. Que nadie te detenga. Miras a un hombre de traje que viene hacia ti en sentido opuesto. Su aspecto de guardia es inconfundible. El policía detrás y él delante. Cuando el hombre del traje cree haberte atrapado lo eludes. Él es ahora quien se cae. Prosigues tu carrera. El vacío te llama.

## Mi madre

Mi padre era un borracho consumado. Todo lo que yo logré en la vida, lo hice por quitármelo de encima. Murió a dos calles de la casa. Un policía vino a darle la noticia a mi madre. Yo tenía once años. Mi madre me ordenó que la acompañara. Pero me negué. Inventé cualquier pretexto. Han pasado muchos años desde entonces. Hasta el día de ayer, el nombre de mi padre estaba proscrito en la casa. Mis hijos crecieron sin abuelo, y, lo que es peor, sin memoria de él.

Pero hoy en la mañana me encontré una carta de mi madre que arroja luz en este asunto. No suelo escombrar cajones ni hurgar en los bolsillos de la ropa. Nunca lo he hecho. Y mi esposa menos. Esta carta me la encontré en un libro, *El mundo de ayer* de Stefan Zweig. No soy aficionado a la lectura, y ni el autor ni el título me dicen nada, pero mi madre lo ocultó toda la vida en el cajón de su buró, y, aunque me duela, quiero compartir el documento. Por la memoria de mi padre.

La carta está fechada hace cinco años y está dirigida a mí, el único hijo que tuvo. Y dice.

Mi hijo adorado: El diagnóstico del médico que visité ayer en la noche fue trágico. No me dio ni un mes de vida. Podría despedirme de ti y partir. Pero no tengo valor. Desde la muerte de tu padre —hace ya veinte años—, dejé que el tiempo pasara con el corazón hecho pedazos. Te di una carrera. Tuve suerte y las cosas se inclinaron a mi favor. Pero conforme tú ascendías en la vida, la figura de tu padre se volvía más y más oprobiosa. Por mi culpa él se convirtió en un alcohólico incorregible. Fíjate lo que te digo, que yo soy la culpable de su vicio. Tú no lo recuerdas, pero él no siempre fue así. Quizá si rascas en la corteza de tu memoria, lo recuerdes como un hombre alegre y trabajador, además de un excelente proveedor. Nunca dejó que el mundo se nos viniera encima, que nada nos faltara. Y así hubiéramos seguido. Pero la vida nos jugó una mala pasada. Y el solo hecho de contártelo hace que la cara me arda de vergüenza. Pero tengo que hacerlo. De una vez y para siempre. Tengo que sincerarme porque no puedo más con esta carga, y qué mejor que con mi hijo. Quiero decirte algo que me he venido guardando: yo traicioné a tu padre. Y él lo descubrió. Si te nace el impulso de romper esta carta, te suplico que aguardes hasta el final. Para mí representa la entrada al infierno, para ti el perdón a este ser inmundo que soy yo, y a tu padre, que no se merece el desprecio que sientes por él. Me acosté con tu tío Luis, el hermano de tu papá. Lo hice por amor, pero lo hice. Venía muy seguido a la casa. Con cualquier pretexto. Con tu papá o sin él. Aún recuerdo aquella vez que se presentó a cumplir una encomienda de tu padre. Un paquete que tenía que entregarme o algo así. Sé que llevo ese pasado a cuestas, pero déjame decirte, en descargo de nosotros dos, que no lo planeamos. Que no hubo dolo. Que fue espontáneo, como la caída de una hoja seca en el otoño. Después, pasó lo que tenía que pasar. No podíamos detenernos. Como si un frenesí se hubiera apoderado de nosotros. Un frenesí que no fue para siempre. Porque el día menos pensado tu papá nos descubrió. ¿Qué podíamos hacer? A partir de ese momento tu padre no hizo más que beber. Alguna vez me lo dijo: Si te hubiera matado a ti o a mi hermano, no bebería. Entonces murió. Y la historia ya la conoces. Pero una sola cosa te digo. Cuando enterramos a tu papá, le juré sobre su ataúd fidelidad absoluta. Tu tío Luis me rogó que nos casáramos, pero ya no quise ni siquiera verlo. Reconozco que fue un modo de castigarme. Pero no me quedaba de otra. También lo admito. Vivimos en una sociedad que señala y castiga, que te inyecta sentimientos de culpa. Y que exige pagar un precio. A costa de lo que sea. Lo único que tengo claro es que mi amor por ti no cambió un ápice; más bien aumentó. Se multiplicó hasta la bóveda celeste. Fuiste mi único hijo y eres mi adoración. No sé lo que pase de aquí hasta el día de mi muerte. Pero me urgía que supieras la verdad de las cosas. No juzgues con dureza a tu padre. Piensa en lo que habrá sufrido. Te escribo esta carta porque lo único que quisiera es que haya paz en tu corazón. Y de paso, perdones a tu madre. Si es que para ti, merezco perdón.

## Mi mujer odia a los borrachos

Tengo dos enemigas a muerte: la diabetes y mi esposa. Y con ninguna de las dos puedo. Padezco una diabetes que no es precisamente lo que podría llamarse *mortal*. Es decir, sí me va a matar pero no en forma inmediata. Le va a llevar su tiempo. Creo. No soy insulino-dependiente; se manifiesta a través de lo que los médicos llaman *neuropatías*. Las padezco hacia la altura del estómago, debajo de las tetillas, de un extremo a otro de los costados, y son verdaderamente dolorosas, y hoy por hoy, ni el médico alópata ni el homeópata han logrado curarme. Ni modo, cada vez que me dan —son una especie de agujas por debajo de la piel— tengo que detenerme de una pared, de un mueble, o de lo que esté más cerca para no caer. Y según me aseguraron, mientras beba tendré alta la azúcar, y mientras tenga la azúcar alta padeceré este castigo divino.

La otra enemiga, digo, es mi esposa.

Desde antes que yo padeciera diabetes, odiaba el trago. Como mi madre. Que hizo un guiñapo de mi padre, y de cuya tiranía yo jamás pude librarme. Sin que hubiera mayor pretexto, mi esposa se ponía iracunda desde que me veía dirigirme hacia la cocina, donde tengo mis botellas. "¿Ya vas a emborracharte?", me gritaba.

Y la verdad no estaba muy equivocada.

Siempre he considerado el trago como el placer por antonomasia de la condición masculina. Ningún otro —sea la mujer, el cigarro, la droga o el juego— provoca tanta aceptación. Y aun a pesar de que cada uno de aquellos individuos sepa los riesgos del acto de beber. Que son muchos y que no voy a repetir, por no ser estas palabras parte de una encíclica.

Mi mujer odia a los borrachos porque los considera los tipos más estúpidos del universo. Dice que la humanidad se divide en mitad hombres y mitad mujeres. Y que de la mitad correspondiente a los hombres, 95 por ciento son borrachos —es decir estúpidos—, y 5 por ciento individuos dueños de conciencia y principios —es decir aburridos, apuntaría yo. ¿Pues de qué otro modo se puede calificar a los borrachos, que a sabiendas de las consecuencias que provoca el alcohol beben como locos?

Eso dice.

Se la pasa horas en el Internet. Es como una detective cibernética. Y no tanto por seguir pistas absurdas sino para prohibirme beber —aunque en su descargo tengo que reconocer que de la invitación pasó a la prohibición. Prohibición que llegó muy lejos. Al punto de que para mí resultó más un motivo de entretenimiento que de nerviosismo. Porque entre más me prohibía beber más lo hacía, y ese solo hecho inoculaba mi vida de valor. Me sentía un héroe. Mientras fuera así de testaruda yo me sentía a gusto en casa.

Pero en ese estira y afloja que significa todo vínculo matrimonial, las cosas se pusieron de cabeza. Tengo muy presente el grito que di cuando abrí la despensa de la cocina, y donde antes había botellas —de whisky, vodka, tequila y mezcal—, ahora sólo veía aceites de cocina, especias, vinagres y saborizantes de colores.

—¿Y mis botellas? —le pregunté azorado a una mujer sonriente que me contemplaba desde uno de los extremos del comedor, como se mira a un elefante mover la trompa en el zoológico.

—No hay más botellas. Se acabó el vino en esta casa. No voy a dejar que envenenes tu organismo por una *estupidez* —¡tenía que decirlo!—, ¿entiendes? Lo hago por tu bien. No me voy a quedar con los brazos cruzados mientras tú te emponzoñas.

—¿Emponzoñarme? Si no estoy tomando veneno de mamba negra —¿de dónde saqué la palabrita?, de un programa que había visto la víspera en Discovery. Punto a mi favor.

Como sea, me quedé pasmado. Jamás me imaginé que ella, mi mujercita linda, hubiera sido capaz de llegar a ese grado. No importaba que mi salud estuviera de por medio. Guardé silencio y me senté en mi sillón favorito. Sentí que las lágrimas sobrevendrían en cualquier momento. Silbé la primera melodía que me vino a la cabeza, con tal de quitar de mi cara esa expresión idiota que acompaña el llanto. Necesitaba hacerle creer que tenía la sartén por el mango. "Por fortuna quedan las cantinas", dije, "el dinero que me gaste en la calle lo voy a tomar del gasto. Tú te lo buscaste. Y recuerda que en ese gasto van tus maquillajes y tus medias, y alguna que otra chuchería que siempre se te antoja".

—No te vas a atrever a hacer eso.

—¿No? Tú serás la primera testigo.

Ahora la que se quedó callada fue ella. De pronto, entreabrió su exquisita boca y dijo:

—Está bien. Creo que me precipité. Escondí las botellas en el clóset.

—Por mí puedes dejarlas ahí. Ya vi que supiste aprovechar el espacio —dije, y salí a la recámara por una de whisky. Qué sed tenía.

# En una esquina de la ciudad de México

Apenas se puso el alto, el niño caminó entre las filas de los automóviles. Extendía la mano y pedía limosna. Él hubiera preferido lavar parabrisas, pero su madre se lo prohibió: "El día que te vea lavando los cristales de los coches te rompo el hocico. Y sabes que te lo cumplo". Claro que lo sabía. Ya lo había hecho varias veces, siempre por situaciones que no se volvían a repetir.

Vino una a su mente.

Sucedió un par de años atrás, cuando él tenía seis años. En lugar de pedir las acostumbradas monedas, su mamá lo descubrió jugando al trompo. Es hora de trabajar, le gritó al tiempo que le quitaba el juguete. Y antes de qué pudiera explicarse qué estaba ocurriendo, le soltó un golpe en la cara que lo aventó un par de metros más allá. Se tentó la boca y sus dedos se empaparon de sangre. ¿Por qué su madre no lo quería, si todas las madres querían a sus hijos?, no dejaba de preguntárselo. ¿Porque era feo?, ¿porque siempre andaba mugroso?, ¿porque tenía piojos? Pero si muchos niños andaban todavía más cochinos y sus mamás los besaban como si estuvieran recién bañados.

Nunca tendría respuestas para eso. Como las tenía para el juego. Porque de todo lo habido y por haber, lo que más lo atraía era el juego. Y aprovechaba cualquier momento que se encontrara lejos del campo de visión de su madre para jugar. Traía los bolsillos repletos de juguetes, que iban desde canicas y un espejo hasta corcholatas y suelas de zapatos. Todo le resultaba útil. En cualquier cosa hallaba la diversión. El juguete perdido. Que se había descuidado con el yoyo era un hecho. Le ganó el impulso. Sabía de sobra a lo que se exponía, pero aun así decidió atarse la cuerda al dedo índice y hacer el cochecito, una de sus suertes favoritas. Porque era bueno. Sobre todo con los *lups*. Vueltas y vueltas que describían una trayectoria parabólica, y así hasta el infinito. Que había suertes que le salían con maestría, nadie podía discutirlo. Como el perrito, la vuelta al mundo, el columpio…Ya había jugado el yoyo con los amigos que de pronto se cruzaban con él, y no sólo había salido airoso de la prueba; veía en aquellos ojos infantiles el asombro, o, más que eso, la incredulidad. Y su espíritu se hinchaba.

Se puso de pie y vio a su madre arrojar el trompo a una alcantarilla, y dirigirse hacia su escondite. Ahí hacía lo que le venía en gana: emborracharse, aspirar solventes, escuchar el radio, leer periódicos atrasados, quedarse dormida. Muchos de los vagos del rumbo deseaban ese lugar, pero ella lo defendía como una hiena la carroña. Entre cartones de cajas, pedazos de tapetes de automóvil y trozos de papel periódico, lo había acondicionado a su gusto. Como estaba al pie de una de las columnas gigantescas que sostenían aquel paso a desnivel, el sol jamás le daba. Aspiraba el monóxido de carbono de los miles de autos que circulaban a unos metros, pero eso le daba igual; es más, lo agradecía. Porque gracias a eso, una vez al mes iba al Hospital General donde le obsequiaban medicamentos para despejar sus vías respiratorias, que luego ella vendía.

De pronto, una idea cruzó por su cabeza.

Su madre le estaba dando la espalda. No lo veía. Era la oportunidad de oro. Contó hasta tres.

Uno.

No sabía leer ni escribir. A sus ocho años, le daba vergüenza confesárselo a quien fuera. Siempre lo ocultaba. Cualquier mentira era buena para salir del paso. Ya lo había hecho innumerables veces. Y también había golpeado por esa misma razón. Si alguien se atrevía a hacerle un comentario burlón, soltaba un golpe despiadado. Ya había dejado a más de uno babeando sangre.

Dos.

Su madre aún distaba un par de pasos, más o menos, para llegar hasta su escondrijo. La vio caminar y la recordó panzona, o, más que eso, mucho más, con una panza enorme. La recordó porque durante esa etapa, ella no admitía siquiera que él le dirigiera la palabra. Ni siquiera que la mirara. Había sido la peor época. Cuando menos no recordaba ninguna otra tan atroz. Tan llena de miedo.

Tres.

Apoyó el pie derecho como si en eso le fuera la vida, y echó la carrera. Precisamente en el momento en que su madre volvía la cabeza. Escuchó su nombre, la orden de que se detuviera, pero no obedeció. Como si sus oídos estuvieran tapiados. Sentía en sus labios la sangre ya reseca, como pedregosa. Corrió aún más duro. La voz imperiosa de su progenitora no le hacía mella; al contrario, lo impulsaba a poner tierra de por medio.

Por fin el cansancio lo venció. Había llegado hasta un camellón. Aminoró el paso. Su madre había quedado muy atrás. Aquel crucero se había perdido sin más.

Se volvió cautelosamente. Nadie venía por él. Mucho menos su madre, quien con dificultad daba un paso tras otro. No como él, que era un verdadero tigre —así se veía. Un tigre pleno de vigor y juventud.

Era libre.

Caminó relajado por completo. Con una calma como no sentía hacía mucho. Se entretenía mirando los árboles que franqueaban el camellón. Uno de ellos le llamó particularmente la atención. Desde donde estaba, distinguió un corazón trazado en la corteza. Era un corazón de amor. Se aproximó. Por un instante se le olvidó que no sabía leer, y quiso saber qué decían aquellas palabras. Sabía que en un corazón se escribían los nombres de las personas que se amaban. Puso los dedos en aquellos signos. Los acarició. ¿Y si era el nombre de su madre?, ¿y si era el nombre de él? Acarició la silueta del corazón, la flecha que lo cruzaba.

Se descubrió llorando.

—Podríamos pensar en un martes.
—O en cualquier otro día.

Mi trabajo consiste en contratar gente para la empresa que me paga. O en despedirla. Tengo una oficina *ad hoc*. Sobria y dura, es decir, que refleje mi carácter. O mejor todavía, el carácter de la transacción que está a punto de realizarse.

Sé lo que significa una entrevista de trabajo. Y precisamente la delicadeza de mi profesión estriba en no crearles expectativas a los candidatos. De ahí que no exista en mi oficina el menor detalle humano o personal. Nada de fotografías con la familia —ay, se ve que es una buena mujer—, menos referencias que le revelarían intimidades a un buen observador. Como por ejemplo, un suéter tejido a mano, un bolígrafo demasiado femenino; en fin, las personas que entran a mi oficina deben tener en el acto la idea de que no habrá un trato personal sino estrictamente profesional.

Con las personas que despido, las cosas toman otro cauce. Para empezar, procuro ser lo más precisa posible —la precisión obliga al futuro desempleado a admitir que se merece ser puesto de patitas en la calle. Si, por ejemplo, traigo una blusa, antes de abrirle al fulano me pongo un blazer y me recojo el pelo. Que sienta de este lado a una mujer enemiga de la amabilidad y comprensión. Una mujer severa, sin complacencias, a quien no va a resultar nada fácil convencer. Naturalmente que siempre hay quien se sale de control. Como un chofer de sesenta años —el chofer del señor Calvillo— a quien corrí con especial elegancia. Lloró. Dijo que con su salario mantenía a sus nietos. Que vivían con él —aquí fue donde derramó sus lágrimas sebáceas—, y que de dónde iba a sacar dinero. Le ofrecí un klínex, me puse de pie, le indiqué que pasara a recursos humanos por su finiquito y abrí la puerta. Dejó impregnada la habitación de un perfume maloliente.

Como sea, tuve una ocurrencia —iniciativa, la llamaron algunos— que fue aplaudida en la última junta con el señor director y las cabezas de la empresa. Yo, Sonia Cantú Cantú, me entrevistaría con las candidatas a un empleo en un restaurante cinco estrellas. Y la coyuntura que se avecinaba era ideal, pues a la brevedad el señor Calvillo —director general— requeriría una secretaria. Pero no la invitaría a comer ni mucho menos, sino nada más y únicamente valoraría su comportamiento en una situación comprometida. Porque ser secretaria del director general no es cualquier cosa. Hay que ser muy sutil e inteligente para decir mentiras, o bien de lo más atenta y dulce para engatusar a un posible socio. Pero para eso se requiere de una malicia peculiar, algo que no enseñan en las academias para secretarias.

Así pues —proseguí mi explicación en la junta—, no es difícil imaginar la situación. Digamos dos de la tarde; digamos el restaurante Les Moustaches; digamos que ahí la entrevistada se sienta enfrente de mí —para esto tiene que llevar su mejor atuendo, Les Moustaches no es cualquier restaurante, y ahí es donde yo empiezo a calificar. Porque vean. Imagínense que yo como una deliciosa sopa de ajo, o una ensalada mixta, o ya de plano una trucha almendrada, y que la probable secretaria —luego de haber esperado en el vestíbulo más de una hora— se le queda mirando a mis platillos, se me queda mirando a mí mientras los devoro, hasta que empieza a ponerse nerviosa. Notablemente nerviosa. A simple vista. Tache. No sirve. Inmediatamente yo le pongo tache a su solicitud. Que para que este cuatro funcione bien, lo mejor es que la entrevistada no haya comido; que a las dos de la tarde es lo más probable. Y si ya comió, tache. Aunque mi obligación —por mera cortesía— es invitarla. Nadie con la cabeza sobre los hombros, aceptaría. Por supuesto, la prueba se repetiría hasta que me topara con la candidata ideal. Bastante dinero se fuga en personal contratado que no da los resultados esperados...

Por cierto, la iniciativa no fue aprobada por unanimidad. Una sola voz se levantó en contra, la de Samuel Corona, el jefe del área de proveedores. Le pareció demasiado cruel, dijo que era una estrategia de abuso y prepotencia, típica de una mujer subvalorada. Iba bien, pero cuando pronunció esos dos vocablos se ganó una rechifla general. Nadie estuvo de acuerdo con él. Lo tildaron de antiguo y de previsible. Y así se lo hizo ver mi jefe.

Pues bien. Ahora mismo estoy esperando a la primera candidata. Ya me lo hizo saber el capi. Pobrecita. La tengo ahí desde hace veinte minutos. No son muchos en la vida de una persona si en cambio va a salir con un trabajo que le dará seguridad y solvencia.

Pero la gracia será entrevistar a varias. De lo contrario qué chiste tendría esta estratagema.

## Bajo el agua

No hace mucho, me invitaron a la presentación de un libro —"de la novela más ingeniosa de los últimos tiempos", decía la publicidad que me llegó vía Internet. Confieso que en mi condición de enfermero no soy afecto a ir a presentación alguna, concierto, exposición ni nada que se le parezca. Pero esta vez la situación era diferente porque justo un paciente era el autor de la dichosa novela. Se había establecido un click entre él y yo, y cuando dejó el hospital me preguntó si tenía correo electrónico, se lo di —que su esposa apuntó con letra grande y de imprenta en una bolsa de papel estraza—, y hete aquí que en un par de semanas me llegó el anuncio.

Fui a la presentación y me pareció lo más aburrido del mundo. Si la novela era tan ingeniosa, por qué los presentadores tenían que ser tan monótonos, me preguntaba yo, ¿o así serían todas las presentaciones? Tal vez.

Estaba a punto de ponerme de pie y marcharme cuando mis ojos se detuvieron en los ojos de una mujer que estaba sentada a un par de lugares, y que de casualidad se volvió a mirarme. Era evidente que venía sola.

Todo lo que para mí era aburrido, a ella parecía llamarle poderosamente la atención. ¿O no demostraba eso su cabeza que iba de un lado a otro, para no quitarle la mirada a quien en ese momento tuviera la palabra?, ¿o no delataban ese interés sus piernas, que las cruzaba de izquierda a derecha y a la inversa, con tal de tener una posición más cómoda para mirar mejor?

En la misma medida sus facciones, su piel, su sedoso y brillante pelo me atrajo. Yo tengo 27 años —cinco de casado— y ella andaría por los 40 o los 45. No sé, siempre he sido malísimo para calcular edades. Pero de inmediato sentí el jalón de la carne —que fue exactamente lo que sentí cuando conocí a mi mujer, y que es exactamente lo que ha hecho que ella sea el monstruo de los celos personificado.

Decidí pues esperarme a que la presentación terminara y acercarme a la cuarentona. De vez en cuando un poco de adrenalina no está mal. Cada vez la veía más atractiva y deseable. Ella se percató de mi nerviosismo, se sonrió conmigo y me dirigió la palabra. Me preguntó si ya había leído la novela y le respondí que no —iba a responderle que en la vida había leído ni una sola, pero temí decepcionarla. Y enseguida investigó si el novelista era mi amigo. Claro que sí, hemos estado juntos en las buenas y en las malas. Oh, qué maravilla, ¿me contarías acerca de él?, estoy tomando un diplomado de literatura mexicana y me encantaría incluirlo. Por supuesto, yo la llamo, dije, extendí la palma de mi mano izquierda y escribí los números. Qué romántico, dijo ella, tenía siglos que no veía a nadie escribir en su propia piel.

Entonces la conversación comenzó a fluir. No soy casado, respondí. Y dije, muy quitado de la pena, que era subdirector de una clínica que se ubicaba en Polanco, en la esquina de Eugenio Sue y Ejército Nacional. Cuando me preguntó mi especialidad le dije que era ginecólogo, y que lo que yo perseguía era una suerte de misión imposible: atender a mujeres carentes de recursos que estuvieran embarazadas, que las había por miles en los cinturones de miseria de la ciudad de México. Qué maravilla, dijo, y entornó los ojos.

Pronto sirvieron el vino. Distinguí a lo lejos a la esposa del novelista. Ella también me vio, y a las claras me dio la espalda. Claro, mi profesión de enfermero seguramente no representaba para ella ningún atractivo. Yo tampoco insistí en mirarla. Al contrario, mejor que siguiera su vida y yo la mía. Lo único que me preocupaba era que mi acompañante tuviera su copa llena. Ser enfermero me permitía saber de las enfermedades. A simple vista identificaba a quien entraba con el coma diabético a punto de atacarlo, o con el infarto en puerta, o al que estaba a unos centímetros de la congestión alcohólica. Pero con la misma facilidad —cinco años de enfermero titulado y en activo me autorizaban— sabía las propensiones de cada quien. Y la mujer que estaba a mi lado —de nombre Alicia— no podía disimular su simpatía por el alcohol; ni creo que le hubiera interesado hacerlo.

Salí con el ánimo hasta arriba. Llegué a casa y mi esposa aún se encontraba despierta. Cuando me oyó salió a recibirme con la mejor cara. Te hice tu costilla a la mexicana, dijo. Quítate la chamarra y ve a lavarte las manos. Quiero que me cuentes todo, detalle por detalle.

Me miré al espejo mientras el agua escurría del grifo. ¿Ése era yo? ¿Un cobarde que pondría aquel teléfono bajo el chorro con tal de que su mujer no lo notara? Sí, ése era yo. Un antihéroe.

Los números finalmente habían desaparecido.

## Él era todo, menos cobarde

*Para Miguel Ángel Lozano*

"Bueno, ahora sí se va a poner como Dios manda, siquiera...", se dijo el violinista. Coronada por mechones de canas, su cabeza era grande, aleonada, de abundante cabellera peinada hacia atrás. Siguió a los demás músicos hasta la mesa de donde los habían mandado llamar. En torno de ella había más de una docena de norteamericanos, tantos que parecían estar en las ruinas de Teotihuacan y no en una cantina del centro de la ciudad de México. En apenas una mirada, pasó lista a todos y cada uno de ellos. No distinguió más que caras irrelevantes, sin expresión. Con los belfos caídos, como en una exposición de perros. Excepto por una jovencita. Hermosa, sonriente, de mirada agridulce. Y con algo de coquetería y arrojo a flor de piel. O cuando menos eso le pareció a él. Seductor incansable, toda su vida se había mantenido cerca de las mujeres. Las olía, y sabía cuándo podría llevarse una mujer a la cama. A sus casi sesenta años, la mujer le seguía pareciendo el próximo bastión que habría de caer en sus manos.

Se puso el violín al hombro y dejó que el arco frotara las cuerdas. Se trataba de un violín corriente, cuya caja parecía de plástico, adornada con vetas en negro y blanco, a manera de una piel de cebra. Pero ése no era obstáculo para que el violín sonara bien o sonara mal. Porque su afinación era buena; no, más que eso: espléndida. Desde pequeño lo había oído decir. No en balde de niño se había esmerado en sus estudios, los de violín, aquellos que le impartió su maestro, cuya memoria veneraba. Estudios que él aprendió junto con las letras de las canciones. Eso había sido ayer; ahora, ya de grande, nunca cantaba, ni menos marcaba el ritmo como lo hacían los guitarristas. Pero se sabía elemento indispensable, sobre quien pesaba una gran responsabilidad. Por eso había violinistas en cualquier conjunto que se respetara, fuera mariachi, orquesta, tango o lo que fuera. Estaba convencido de que su instrumento sonaba bonito, como "la voz de un ángel", y que bien tocado servía lo mismo para enamorar a una mujer que para hacer retumbar las paredes con los acordes del Himno Nacional. Y si él, ahí, en la cantina, no tenía oportunidad de demostrar sus habilidades, en casa les tocaba piezas difíciles, de concierto, a sus hijos y a sus nietos; para lo cual se preparaba. Una semana le dedicaba al estudio. Regresara como regresara del trabajo, cansado o de mal humor, se encerraba y no había poder humano que lo sacara de la recámara. Un hombre estudiando no podía ser interrumpido, le gustaba advertir a sus familiares.

Eso sí, qué elegante se veía. De reojo, mientras hacía unas florituras para terminar las *Mañanitas* que habían pedido los gringos, se descubrió de cuerpo completo en el espejo de enfrente. Alcanzó a mirar las puntas doradas de las botas y los estoperoles que adornaban sus pantalones —sumaban veinte, cosidos por cuatro puntos, y, le habían asegurado, tallados a mano. Cada uno lucía en su centro el perfil de un bronco. Las botas, la corbata de moño, el fino cinturón y la pistola en su funda de becerro, lo hacían verse apuesto, casi joven. Como jalado por un impulso, buscó en el espejo el rostro de la gringa jovencita, y lo localizó. Como lo esperaba, lo estaba mirando a él. La tenía en las manos. Era suya. "Todas las mujeres son mías", solía decir en su juventud. No le quitó la mirada, hasta que la chica bajó la vista.

Recordó entonces cuando se había iniciado en esto de la tocada, en Guadalajara.

Hijo y nieto de mariachi, su maestro, en cambio, había sido violinista de orquesta. Eso le había ganado el respeto de todos, haber aprendido con un violinista profesional, desde que había decidido seguir la carrera de los hombres en su familia. Pero no nada más por eso lo respetaban. Desde luego y más que por eso, por su manera de tocar. Porque le imprimía a su técnica un sabor muy suyo. Como de enamoramiento. Como de salvajismo. Según.

—¿Y el sombrero? ¿Dónde estar… el sombrero? —preguntó una de las gringas, la única anciana y la más fofa de todas.

La verdad les cansaba el sombrero. A todos. Él siempre lo había dicho. No sólo era demasiado pesado y le impedía mover la cabeza libremente de un lado a otro, sino que la nuca le sudaba a torrentes… y eso no lo pagaban los gringos; ni los románticos, los pocos que sobrevivían y que les llevaban gallo a sus amadas. Ya no quedaban, pero de vez en cuando alguno que otro, con unos cuantos tragos encima y un poco de lágrimas o un mucho de alegría, se animaba.

Los gringos se habían unido al canto, y en su pésimo español se esforzaban por imitar al vocalista. En situaciones semejantes, prefería que su violín descansara. No valía la pena tocar su instrumento más allá de lo necesario. Esta vez era suficiente con hacerlo sonar apenas —para qué sacarle jugo, se dijo, si éstos no entienden nada. Bastaba con tener un poco de paciencia y sacar fuerzas de flaqueza.

Llevaba ahí cerca de diez horas. El cuerpo le pesaba como si fuera de plomo. Sus piernas no resistían más. Otro poco, entonces, no significaba gran sacrificio. Sea como fuere, tenía que llevar dinero a casa. Se lo estaban urgiendo. Y debía ahorrar para comprarse otras botas; qué se le iba a hacer: las suyas parecían, si se las veía por abajo, queso gruyere. Se talló los ojos, bostezó abriendo la boca como el gran rey de la selva, se paró en firme y se dispuso a seguir tocando medianamente. Pero en ese momento se percató, una vez más, de que aquella gringa lo miraba. Pero ahora se veía embelesada. Su hombría habló por él: le había gustado a esa mujer. Y él era todo, menos cobarde. Así que se sonrió con la gringuita —¿cuántos años tendría: veinticinco, veintiocho?, imposible saberlo— y decidió tocar como nunca lo había hecho. Tocar para ella. Desesperadamente. Frenéticamente. Todos los demás, todo lo que lo rodeaba, cantina y gentes, podía desaparecer. De hecho, ya había desaparecido. Tocaría para ella con todo el garbo del mundo. Como un grande. Como el más grande.

## Ten

Cuando Jorge Alberto Montes entró con una botella en la mano, nunca pensé que se trataría de una Ten, la ginebra por antonomasia. Me sorprendí tanto, que no supe qué hacer. Aun antes que darle las gracias, tomé en mis manos aquella botella verde esmeralda y la miré a contraluz. Había ahí algo de espesura y de encanto que me provocó un fugaz temblor.

—¿La abrimos? —pregunté, cuando Jorge Alberto hubo aposentado en el sillón más grande de la sala su uno ochenta y tres y ciento 20 kilos de peso. Me sorprendió la botella pero no que proviniera de mi amigo. Porque él era dado a ese tipo de sorpresas. Escancié la ginebra en dos vasos *old fashioned* con tres hielos, y dijimos salud.

Nada parecía sobrevenir en el panorama que perturbara aquella mañana. Porque en efecto la hora no iba más allá de las 10, los niños y las mujeres respectivas se habían reintegrado a sus labores luego de vacaciones, y no había más camino que pasársela bien. Ni siquiera lo habíamos planeado. Por el celular de Jorge Alberto supe que estaba a una calle de mi casa y que únicamente quería verme para darme un abrazo. Y desde luego yo había accedido.

"Pon Mozart", me rogó Jorge Alberto cuando escancié el tercer trago. Y lo hice. La música de la sinfonía *Júpiter* colmó la habitación, le aventé los brazos y me devolvió el impulso. Eso tiene Mozart, que une las almas desvalidas. ¿O acaso no era eso lo que estábamos celebrando? El mundo que de pronto parecía venirse abajo, y que tratábamos de detener cada quien a su modo.

Qué extraña sensación beber aquella ginebra mientras todo el mundo trabajaba. El primer sorbo de la ya quinta copa resbaló dulcemente por la garganta cuando repiqueteó el timbre del teléfono. Sólo los putos usan celular, le espeté a Jorge Alberto cuando me dirigí a contestar. Era Bertha, la cachondísima Bertha, que esperaba como loca que yo le diera luz verde para poner un pie en mi casa.

—Cariño —le dije—, estoy con mi hermano Jorge Alberto Montes. Mira, si yo soy guapo él me triplica. Le voy a pasar el fon nomás paque te vayas humedeciendo.

Y lo hice. Jorge Alberto, con una sonrisa que en mucho parecía la rúbrica del *Guasón*, le sentenció: "No sé si te vaya a ver o no, pero pásame tu teléfono para que te invite a comer donde tú quieras, cuando tú quieras".

—Qué modo tan elegante de cortar una vieja —le dije, mientras Jorge Alberto doblaba un papelito y lo metía en su cartera.

—Esa vieja ya es mía. Te lo agradezco y sírveme la siguiente nomás padarte las gracias como te mereces.

—¿Cuánto vale esta botella, que ya va bajando más allá de cualquier medida matutina? —le pregunté en tanto servía la siguiente.

—Qué pregunta tan vulgar, no sé cómo oyes Mozart, y nomás te la voy a contestar paque veas que soy capaz de revolcarme en el pinche lodo: vale 540 varos.

Coño, pensé yo, con esa lana me compro cuatro botellas de tequila El Charrito. Y para que Montes se percatara de que me había yo dado cuenta perfectamente de lo que son 540 pesos, me preparé una más y, antes de llevármela a la boca, la olí como se aspira el mejor perfume, que no es otra cosa que la esencia de una mujer. Porque exactamente eso emanaba de aquella ginebra: el misterio y la sabiduría femeninas resueltas en feliz elíxir.

Empuñé la siguiente copa como un caballero medieval la espada que ha de hundirlo en el oprobio o elevarlo a la gloria. Ya pronto serían la una y media, y de un momento a otro vería desfilar delante de mí a todos los miembros de la familia. Y de verdad que poco me habría importado, pero Jorge Alberto Montes cometió el peor error que un hombre en estas circunstancias puede cometer. Palabras más-palabras menos, dijo:

—Quiero brindar por lo que más te duela... —y levantó su vaso como quien levanta el corno para convocar a los cazadores.

Había tantas cosas que me dolían, pero sobre todo una: la mujer que recientemente me había mandado al diablo y por la cual daría la vida ahora mismo, ¿qué podía compararse con eso?

—¿Y tú? —lo increpé—, tú brinda antes, cabrón.

Jorge Alberto Montes me respondió con la mirada, es decir no me miró a mí sino a la botella verde, de ese verde esmeralda, de ese verde pasto en el que más de uno se imaginaría la piel blanca de una mujer que nunca le pertenecería. Como si ahí mismo buscara la respuesta a aquella pregunta que aflige a todos los hombres, aunque pocos tengan el valor de hacérsela.

—Lo único que me duele —dijo—, es que esta botella esté por terminarse.

## El coleccionista de almas

Cuánto tiempo tendré que esperar hasta que venga. Llevo aquí más de media hora como idiota. Esperando. Esperando. Menos mal que me traje mi anforita. Un trago, dos tragos me hacen menos arduo el tiempo. Con un alcohol entre pecho y espalda, la longitud del tiempo se acorta. De lo contrario la espera sería insoportable. La mitad de la vida de un sacerdote se reduce a la espera. Para que me salgan con idioteces. Como aquella señora que vino a confesarme que le pegaba a su nieto. Y eso a quién le importa. Me dieron ganas de salir y golpearla. Nada más para que aprendiera a distinguir entre un pecado y una estupidez. O aquel imbécil que quería más a su perro que a su mujer. Más bien debí aplaudirle su decisión. No cualquiera se atreve a ser tan hombre. Pero en vez de eso le dije lo que quería oír: dos padres nuestros y dos aves marías de penitencia. Eso de la penitencia nunca me lo he explicado. Cómo evaluar los pecados. Qué penitencia imponer. Y para lo que sirve. Todo mundo vuelve a pecar. Y vuelve a hacer exactamente lo mismo. El asesino vuelve a matar, ya probó lo que es el crimen y eso le dejó un delicioso sabor en la boca que no está dispuesto a sacrificar, así que a la primera oportunidad lo vuelve a hacer; el ratero vuelve a robar, le resultó fácil llevar dinero a su casa, o gastarse el dinero en el vicio, comprobó que robar es de lo más simple del mundo, y en consecuencia lo volverá a hacer. Lo trae en la sangre. Y allí no hay nada que hacer. Pero si ella viene, ya me hizo el día. Poco me importa todo lo demás. Si viene alguien más o no. Si alivio la angustia de alguien más o no. Pero que venga ella. Que me acaricie con su voz de ángel. Que colme mi espíritu de su delicioso perfume. Que me haga sentir que mi vida tiene un sentido. No sabe cómo la deseo. ¿O sí lo sabe? Yo no le he dado ninguna pista. Pero además de angelicales las mujeres son tremendamente intuitivas. Y adivinas. Saben todo lo que va a pasar. A ellas no se les debería imponer penitencia alguna. Son sabias. La penitencia no sirve para nada. Por más que quieran. ¿Pero qué penitencia imponer? Hete ahí lo complicado. Eso nunca te lo enseñan en el seminario. Porque no hay modo.

Te orientan pero el criterio siempre es personal. Yo cuando siento que debo ser blandito soy brutal, y al revés. Una mujer que me confesó que había torturado a su hijo hasta matarlo, le dejé de penitencia un padre nuestro todos los días en ayunas, apenas abriera los ojos. Hasta que sintiera que ya no había más remordimiento. Que ése era el momento de suspender la penitencia. Los que más gracia me producen son los sicarios. Porque matar no lo consideran un pecado sino una chamba. Y la chamba es chamba. Y así me lo dicen, muy quitados de la pena. Que yo comprenda, que tienen que hacerlo, que esa misión les tocó en la vida. Como a mí predicar. Que a cada quien le toca algo. Ni modo. Y que si ellos no acaban con los traidores la vida sería un infierno. Eso me dicen. Y hablando de chamba, ¿mandará el capo por mí para que le vuelva a oficiar? Una misa para los tres años de su hijito no estaría mal. Fue genial ese bautizo. El mejor que me ha tocado. Hinchó mi bolsillo. Yo cumplí mi destino. Debo sembrar la fe en Dios. Bautizar es cosa sagrada. ¿Pero vendrá ella? Hoy le toca. Un día sí y otro no. A esta hora. Cómo me encanta oírla. Me pregunto si lo hará a propósito. Que me cuente lo que me cuente y con esa voz. Si lo hace a propósito está en el camino correcto. Por la erección que me provoca. Endiablada. Mortal. Y no se baja por más que me masturbo. Cuando me describe a todos los hombres con los que se ha metido. Todos y cada uno. Como si en cada uno le fuera la vida. Siento que yo soy todos y cada uno de ellos. Que lo hace para excitarme a mí. Mejor que ni me hable de su marido. Para qué. Un idiota más en el imperio de los cornudos. Nunca he visto su dulcísima cara más que tras la cortina de esta inmunda habitación, si es que la puedo llamar así. Cómo me gustaría seguirla un día y enterarme de sus pormenores. Saber si me está mintiendo o hablando con la verdad. Suman varias las fieles que me he llevado a la cama. Pero ninguna me había excitado como ésta. Me tiene vuelto loco. Y eso que nada más conozco su voz. ¿Para qué quiero más? El mío es el amor más puro del mundo. Sin parangón posible. Sin parangón posible, eso mismo dije para mis adentros cuando me ordené. Me creía investido de una santidad prodigiosa. La llamaba la vocación divina. Me sabía perteneciente al ejército de los soldados de Cristo. De los elegidos. Habría dado la vida por Él. Y ahora no soy más que un mortal como cualquier otro. Un coleccionista de almas. El más asqueroso. ¿Por qué siempre llego a este punto? ¿Qué pruebas me está exigiendo Dios, a mí, el más grande pecador? ¿Por qué no puedo detenerme? ¿Y toda esta gente que cree en mí? Si mi padre me viera. Si mi madre me viera. ¿Por qué tuvo que morir la víspera de mi ordenación? Pobrecita. Si alguien quería verme hecho un sacerdote era ella. No le pude dar gusto. Nunca le pude dar gusto en nada. Ni a nadie. A ninguno de los dos. Toda mi vida no fui más que portador de malas nuevas. Siempre. Un cero a la izquierda. Pero eso fue ayer. No ahora. No este día. Mi olfato me dice que viene en camino. Ya percibo su olor. Ya se aproxima. Un trago. Un trago. Aunque me emborrache. Sólo así podré controlarme. Le pediré que sea más específica. Y me masturbaré cuando me cuente los detalles. Espero no gemir más de la cuenta. Que ella sabe el placer que me provoca. Estoy seguro. Es peor que yo. No, no hay nadie peor que yo.

# El robo

*Para Eugenia Montalván*

Juan Jacinto aprovechó que la puerta estaba entreabierta y entró. Nunca se imaginó que finalmente la oportunidad se presentaría. Le había echado el ojo al departamento desde hacía casi dos semanas. Porque a leguas se veía que el nuevo inquilino del 101 era tan distraído como adinerado, o cuando menos esa impresión daba. Al contrario de los arrendatarios de los otros departamentos de ese edificio maloliente y maltratado, el ocupante del 101 tenía auto, por cierto un automóvil de modelo reciente, más caro que barato. Y todas las mañanas el hombre sacaba cosas de la cajuela —generalmente mochilas atiborradas de libros; lo sabía porque en una ocasión se le desfondó una, y todos los libros fueron a dar al suelo. Pero la cosa era que el tipo se pasaba de distraído. Del estacionamiento al edificio había como 200 metros, y el hombre de pronto se detenía en la tienda y compraba un refresco; de pronto se alejaba hasta la siguiente esquina —cincuenta pasos más— y compraba el periódico del día, de pronto se quedaba mirando hacia ninguna parte.

De soslayo, pero lo había espiado. Cada mañana, Juan Jacinto se levantaba con esa idea. Observarlo acuciosamente. Porque además sabía que el tiempo no se prolongaría indefinidamente. Lo tenía muy claro. Tarde o temprano ese hombre terminaría de transportar sus libros, y adiós. Cambiaría todos sus hábitos, se encerraría por horas. Y aquella oportunidad habría volado al cielo.

El problema de fondo consistía en que él no era un ladrón.

¿Qué ganaba entonces con meterse al departamento y robar todo lo que cupiera en la bolsa negra de plástico que llevaría consigo?

Dos cosas, cuando menos dos cosas ganaba.

Aceptación y comprobar que no había venido al mundo de balde.

Porque él quería pertenecer a la pandilla de la unidad. Mejor dicho, a una de las pandillas. Pues aunque era una unidad relativamente pequeña, había dos pandillas que se disputaban el territorio: los Nazis y los Sioux. Tenían de ser rivales un poco más de cinco años; de hecho, siempre lo habían sido —cuando menos siete u ocho años—, pero nunca lo habían declarado. Sus escarceos no pasaban de miradas intimidantes, amagos en algún corredor de la unidad, mensajes temerarios. Su sueño era pertenecer a los Sioux. Ya había sondeado la posibilidad y muy solemnes le habían dicho: Tienes que asaltar una casa o a un pendejo. Y mostrarnos lo que te hayas clavado. Pero cuidado con engañarnos porque no te la vas a acabar. Ésa era la primera cosa. La segunda, sentir que valía algo. Que él valía para algo. Para lo que fuera, eso no importaba. Porque todos sus familiares lo veían como un joven despreciable. Ninguno de los suyos apostaría cinco centavos por él. Casi no había grado escolar que no hubiera reprobado. Le decían el litro porque había hecho cuatro cuartos. Ahora por fin estaba en el segundo año de preparatoria. Y por más que se esmeraba en demostrar su valía, en atraer la atención de alguna chica, todo era inútil. Si el día de mañana dejara de ir a la escuela, nadie notaría su ausencia. Y eso dolía.

Así que vio la puerta entreabierta y entró.

Tuvo una descarga de adrenalina.

Todos los departamentos eran iguales, pero a él éste le parecía absoluta y totalmente distinto. Lo sabía porque precisamente en ese edificio había vivido sus ya casi 18 años. Por relaciones con los vecinos, había pisado cada departamento. Con los propietarios del 101 había sostenido una relación que él calificaba de telenovelera. Porque toda su vida había permanecido enamorado de Evangelina, la hija más pequeña de la familia —él le llevaba apenas un par de años. Pero una cosa era haberse sentido poderosamente atraído por ella, y otra muy diferente que ella le hubiera siquiera devuelto una mirada. Cero. Por más que se la quedaba mirando —hasta la necedad misma, ¿o no la miraba sin despegar la vista, sin mover un párpado, diez minutos reloj en mano?

Pues una sola y misma cosa fue que cruzara el umbral del 101, y que se la imaginara saliendo de la cocina. Sintió que su corazón estallaba. Jamás en su vida había palpitado tan fuerte. Diablos, tenía que concentrarse. Eso era lo único verdaderamente urgente en ese momento. Reparó en que era muy posible que el ruco ya viniera en camino. Si entraba en ese instante a él no se le ocurriría nada, y las cosas se complicarían en serio. Miró un modular. No era nada de lujo, pero le serviría. Los Sioux sabrían de eso. Observó alrededor: discos de música clásica por aquí y por allá. Con seguridad el ruco oiría ese tipo de música, aburrida y sangrona como él mismo. No se requería mucha ciencia para darse cuenta de lo obvio: un ruco lleno de libros y de música insoportable, tenía que ser alguien insoportable. Se aproximó al aparato y estaba a punto de desconectarlo cuando la voz de Evangelina vino a sus oídos: ¿Qué vas a hacer, Juan Jacinto? ¿Te das cuenta de que estás a punto de convertirte en un delincuente? Fue como si le hubieran dado un mazazo.

Quitó la mano como si se hubiera dado un toque.

Y salió corriendo.

O esa era su intención. Porque a través de la celosía que daba al exterior, distinguió al ruco. Venía a paso regular. Con dos mochilas al hombro y otra sostenida en su mano derecha. No tardaría ni un par de minutos en llegar. Tres, con un poco de suerte. Se dio media vuelta. Desconectó el aparato, lo echó a la bolsa de plástico y una vez más salió corriendo. Pero ahora rumbo al piso de arriba, desde donde alcanzaría a ver cuando el ruco entrara a su departamento. Primero escuchó sus pasos subir lentamente, enseguida lo vio entrar. Instante que él aprovechó para bajar la escalera y salir como un suspiro, silencioso e impenetrable.

## Jornada de trabajo completa

*Para Mariana Salido*

¿Y si lo despertaba?

Le hubiera gustado llegar a tiempo, pero lo único que Teresa Tejada alcanzó a ver fue a su hijo ya dormido. No había dejado de pensar en él todo el trayecto del trabajo a su casa. Primero en el metro y luego en la micro. O mejor dicho, en las micros. Porque vaya que si tenía que tomar transportes para ir de un lado a otro. Trasladarse desde la avenida Lieja, en la colonia Juárez, hasta Iztapaluca, en el Estado de México —en la parte más agreste del pueblo—, le tomaba cuando menos tres horas de camino. De ida y vuelta. Tres de ida y tres de vuelta.

Algo había en su hijo que la hizo pensar en su infancia. Tal vez esa sensación de fragilidad que parecía emanar de su retoño. Porque a ella misma su progenitora le había dicho eso: "Teresa, eres tan frágil. Si el viento sopla fuerte te va a arrastrar y te vas a estrellar en una pared. Agárrate duro para que no te lleve el viento". Por eso de niña se dormía aferrada a un tubo que había en la cabecera de su cama. Cuando menos hasta que el sueño la vencía, los dedos le dolían. En el día se había acostumbrado a esquivar el viento. Lo sentía a sus espaldas, lo veía venir y se metía a una miscelánea o a la entrada de una casa para eludirlo. O se guarecía delante de un automóvil.

Esa sensación no la volvería a dejar en paz, y cada noche le pedía a Dios que no soplaran vientos fuertes, que nada le pasara a su hijo de nombre Antonio y de apellido Tejada. Apenas de dos años, despierto era una persona y dormido otra. No dejaba de brincar todo el día, de derramar los vasos de agua, menos de treparse a la cama y orinarse cuando se le llamaba la atención. Ana María, la vecina, madre de siete hijos, quería al niño casi como si fuera suyo, y, por una cantidad mínima —que solía traducirse en servicios que la madre le prestaba los domingos—, lo cuidaba. Porque, le había dicho a modo de justificación, no había más remedio que ayudarse unos a otros para salir adelante. Si esperaban la ayuda prometida por el gobierno, bien podrían hacerse ancianas.

Miró, pues, a su hijo, se aproximó y le dio un beso en la mejilla. Tenía la cuna repleta de juguetes. Porque pese al exiguo sueldo que percibía por su trabajo de galopina, se daba sus mañas para comprar juguetes de segunda mano. Era como si sus ojos siempre estuvieran atentos y descubrieran los anuncios de ventas de garage en los lugares menos pensados, o los ositos de peluche que los niños de la calle acostumbraban vender en los semáforos. Al principio le había parecido una hazaña encontrar juguetes en la calle, pero pronto se dio cuenta de que todo dependía de la necesidad de dar con ellos. Nada difícil, al fin y al cabo.

Pasó su mano por aquella mejilla tersa. Hacía tanto tiempo —tres días— que no jugaba con él, que no lo oía carcajearse ni decir sus primeras palabras. Le agradecía a Dios que tuviera trabajo. Cuántas mujeres había como ella que tenían que ejercer la prostitución con tal de solventar los gastos de su familia, generalmente uno o dos hijos de padre desconocido, o de alguna ilusión que se tornó en una carga pesada y eterna. También podría mudarse a un lugar más cercano de su trabajo. Se lo había repetido mil veces, pero jamás podría hacerlo. ¿Con quién dejaría a su hijo? Cambiarse de domicilio significaba exponerse a nuevos peligros. O buscar trabajo en un sitio cercano, no, eso era menos que imposible. En la situación que vivía el país, cada empleo era cotizado como una mina de oro. Y dejar el que tenía no era otra cosa que un desatino.

¿Y si lo despertaba? No, su descanso se vendría abajo. Realmente estaba exhausta. Lo excitaría y aquella paz nocturna se traduciría primero en llanto y más tarde en berrinche. Había pasado docenas de veces, que llevada por ese amor incontrolable prefería no descansar si el precio era cargar a su hijo, hablarle, jugar con él. Demostrarle que lo amaba. Porque no había muchas oportunidades. Sólo el domingo, pero ése era un día sagrado, que ella ocupaba para hacer un poco de despensa, lavar ropa, resolver tantos pendientes. Cortarle el pelo a su hijo.

Lo miró una vez más. Esto ya era cosa de todos los días. Llegar, contemplarlo y dormirse. Como si estuviera muerta. Exactamente así. ¿Y qué significaba una hora más de vigilia? Total, si no valía la pena desvelarse por esa causa entonces por cuál. Poco a poco, aquella fatiga fue transformándose en una energía que le cosquilleaba por todo el cuerpo. Metió las manos por debajo del cuerpecito, lo cargó y lo estrechó contra su regazo. Le cantó una canción, y lo levantó por encima de ella. El niño abrió los ojos y sonrió.

## Ése era el día

De lejos se veía como un adorno de la fachada; de aquella pobre casa que más daba la sensación de estar abandonada; pero si alguien hubiera tenido la curiosidad de acercarse habría advertido que aquel adorno no era otra cosa que un anciano en silla de ruedas. Y que se prestara a semejante confusión no era el problema, sino que llevara ahí, a rayo del sol, más de cuatro horas. Tenía puesta su gorra de Walmart, pero los rayos solares habían empezado a traspasar la delgada tela y a provocar que se llagara. Primero unas cuantas gotas de sudor semejaron caricias para el anciano, pero ahora no había nada, absolutamente nada, que le proporcionara un mínimo alivio.

Aquella mañana todos habían hecho sus actividades cotidianas. Mientras que los hijos se habían ido a la escuela, José Antonio se había marchado a su trabajo no sin antes rogarle lo de siempre a su mujer: "Ahí te encargo a mi papá. Lo pones en el solecito y le arrimas su desayuno. Déjalo un ratito que le dé el sol, le hace bien". Pero bastante trabajo tenía la señora Clemen con la ropa ajena que planchaba todos los días, con la comida que tenía que preparar, con el quehacer que no dejaba de acumularse, para encima estar vigilando a don Isidro.

Las cosas no habían sido siempre así. Porque hubo un tiempo en que don Isidro había vivido en un pueblo de Michoacán, hasta que el narcotráfico se había llevado a todos los hombres de ahí, y la localidad se había quedado vacía de la noche a la mañana. Por lo que había tenido que trasladarse a la ciudad de México. Cuánto tiempo había pasado desde entonces, nadie podría decirlo a ciencia cierta. Tal vez diez años, tal vez doce.

Esa mañana nada parecía encajar en la rutina de la señora Clemen: la televisión, gracias a los constantes altibajos de luz, había amenazado con quemarse; uno de sus pájaros, precisamente Matías, el ruiseñor que tanto quería, expiró ante los ojos de ella, cuando pretendía elevar al cielo un último canto; ella misma, en un movimiento involuntario, tiró el jugo de naranja que había guardado en el refrigerador, y que la obligó a vaciarlo y lavarlo por completo, porque no había nada más pegajoso y difícil de limpiar, y, como si todo esto no contara, la suciedad había desbordado los límites del excusado.

    No ganaba nada con angustiarse más, así que, cosa inusitada en su quehacer de todos los días, prefirió sentarse y dejar que el tiempo deambulara como las nubes en el horizonte. Se daba tan contados descansos para reflexionar sobre su existencia. Hasta ese momento su vida había sido un rosario de carencias y sacrificios. Y estaba harta de que las cosas fueran así. Era urgente que le diera un cambio a su vida o acabaría por estallar. Con su marido no tenía más comunicación; él jamás se fijaba en ella como mujer, y cómo podía ser de otra manera si hacía meses que no se miraba al espejo, y con sus hijos —cuatro varones, todos de nombre náhuatl— las cosas no iban bien. ¿Por qué?, nunca se detenía a pensar en eso. Lo único que tenía claro es que necesitaba más tiempo para ella, ¿cómo? Lo ignoraba. ¿Para qué?, para pensar, pensar, pensar. ¿Tenía derecho? Quién sabe. Tal vez saliendo a trabajar. Valdría la pena ser contratada e ir contando con un seguro para su vejez… ¡Don Isidro, el abuelo!

    Salió corriendo. Cuando menos, todavía seguía ahí. Para las cuatro horas que llevaba podría estar en peores condiciones. Lo primero que hizo fue guarecerlo bajo la sombra; arrastró la silla hasta la cocina y le dio agua. Mojó el trapo de los trastes y enjugó su frente, sus labios, aquellas comisuras marchitas. ¿Cómo era posible que se le hubiera olvidado? Se dio de topes en la cabeza. ¿Qué estaba pasando con ella para que le ocurriera una cosa así? Sin dejar de llorar le ofreció a don Isidro todas las disculpas del mundo. No había sido su culpa, estaba tan agobiada. Era cuestión de que se organizara. De que anotara en un papel todos sus pendientes. De que distribuyera sus obligaciones de otra manera. Y ella tendría que hacerlo sola porque en su casa no contaba con nadie, menos con don Isidro desde luego. Que sólo daba quehacer. Una idea cruzó por su cabeza. ¿Y si lo mataba? No, se persignó; pero volvió a insistir. Bastaba con dejarlo una vez más, al día siguiente, en la banqueta. Pero ahora el olvido sería fingido. Justo era la época de más calor, a ninguna hora se distinguía una sola nube en el cielo —que aun azul parecía arder—. Nadie podría colgarle un crimen. Porque no habría testigos. Los vecinos se iban a trabajar. Estaba sola en la cuadra, y muy poca gente pasaba por ahí. Un olvido no era un crimen. Se la jugaría una sola vez y ya. Quién quita y se muriera. ¿Y por qué una sola vez? Un montón de veces. Valía la pena. Con el viejo muerto, disminuiría su trabajo y todos saldrían beneficiados. Lo sacaría ya. Faltaban casi tres horas para que sus hijos regresaran de la escuela. A José Antonio lo vería hasta la noche. Claro que lo iba a hacer. Total, el viejo había enmudecido hacía años.

De todo era incapaz, de hablar, de escribir. Nomás daba lata, desde darle de comer en la boca hasta limpiarle el culo. Ni que fuera su propio padre. Y ni así.

Una vez más, empujó la silla hacia la calle. Don Isidro se movió en forma convulsiva y desesperada, como si le hubiera leído la mente a la señora Clemen.

## Los héroes...

*Para Roberto Wong*

No sé por qué entré ahí. Todos rebosaban felicidad. Alegría asquerosa. Cada mesa tenía su banderita. Del techo colgaban rehiletes tricolores gigantes, por aquí y por allá se escuchaban trompetas de las que les dan a los niños en el desfile, y el colmo: colgado a medio paso había un póster del cura Hidalgo, que encima, como si no fuera suficiente, tenía su rostro por los dos lados, para que nadie se lo perdiera. Los brindis llovían a su salud. Alguien levantaba el vaso y los demás lo seguían.

Los parroquianos eran los de siempre. Pero como era martes 15 de septiembre, al día siguiente no irían a trabajar. Cosa que los enardecía. Burócratas mediocres, vendedores que ya no lograban ni venderle su alma al diablo, desempleados que entraban con la intención de que alguien les invitara un trago. Lo que siempre lograban. Esta vez, lo único que tenían que hacer era ponerse delante de Hidalgo y cuadrarse.

Pero aunque era una cantina habitualmente frecuentada por hombres, ahora parecía que las mujeres se habían puesto de acuerdo para citarse ahí y beber como si el trago se fuera a acabar. Había más de dos mesas ocupadas nada más por ellas. Y aún eran más provocadoras que los hombres. Se peleaban entre sí, de mesa a mesa, para ver quién hacía los brindis más escandalosos. ¡Brindo por sor Juana, que es la más chida de las heroínas patrias!, gritaban de una mesa. Y de otra: ¡Brindo por Zapata, a cuyos pies se arrodillan, cabrones!

Me empezaron a dar náuseas. No es que fuera yo un melindroso, pero el hartazgo sobreviene independientemente de tu voluntad.

Sin embargo, nadie más que yo se veía harto. Los meseros estaban felices. La gente pedía a lo bestia, y ya se relamían los labios por las propinas que con toda seguridad dejarían. ¡Son docientos años!, gritó uno de los hombres acodados en la barra. Y me lo dijo a mí, como recriminándome mi cara de descontento. Pero no sólo me lo dijo, sino que además levantó su vaso para brindar conmigo. Brindis que yo ignoré. El hombre no iba solo. Otro lo tenía abrazado del hombro y se reía a carcajada batiente de todo lo que a su juicio era la ocurrencia del año. Algo le dijo entonces el que había brindado conmigo. Su amigo hizo un esfuerzo por localizarme, y lo hizo. Vi en su mirada el desprecio.

No sé por qué no pedí mi cuenta y me largué de ahí. Y no es que me sintiera achispado, para nada. Apenas llevaba un par de whiskys, pero la curiosidad me obligaba a estar parado ahí, consumiendo. Quería quedarme hasta las once de la noche, al *Grito*. Estaba seguro de que la solemnidad del momento los haría guardar silencio. Y a lo mejor hasta el himno cantaban.

Pero para las once faltaba casi una hora. Por el espejo vi que una de las mujeres se ponía de pie a grandes penas, y con vaso en mano se aproximó al póster del padre de la patria. Ignoro qué pretendía, pero su actitud era la de un fan que se acerca a su ídolo y que es capaz de cualquier atrocidad. Me di media vuelta y me la quedé contemplando. No recuerdo haber visto una mujer tan ebria. Pese a su embriaguez, cada paso que daba semejaba el de una leona dispuesta a saltar sobre su presa. Varios teníamos la mirada en ella. Entonces vi claramente lo que iba a acontecer. Esa mujer estaba dispuesta a arrojarle su trago al cura. No me aguanté. Dejé mi vaso en la barra y me acerqué a ella para detenerla. Cálmese, le dije. Regrese a su lugar. Y a ti qué te importa, pendejo. Yo soy mexicana y soy libre para celebrar los docientos años como se me dé mi regalada gana. Le voy a invitar su trago al mero mero. Cómo chingaos no. Y cuando vi que en efecto le iba a aventar el líquido, la jalé del brazo. Pero con tan mala suerte, que la maldita cuba vino a dar a mi cara. Me cegué por un momento. La mujer se atacó de la risa, y la burla se generalizó. En cosa de segundos, todos los borrachos se reían a costa mía. Emprendí la huida, o eso iba a hacer, cuando uno de los meseros me afianzó del hombro, con no disimulada violencia. Paga tu cuenta, o te la sacamos a madrazos. Regresé a la barra, y mi whisky había desaparecido. Me volví a ver al hombre que estaba acodado y en su mirada descubrí que él se había bebido mi trago. Su actitud era desafiante. A ver, reclámame, ojete, parecía decir. Alcancé a escuchar que se echaba un pedo, además de hacer un giro a su derecha para que percibiera la peste. ¡Maldito bicentenario!, le grité al cantinero cuando pagué. Gentes como tú avergüenzan a México, dijo el hombre acodado sin quitarme la vista.

Di media vuelta y salí.

## La traición

Miró con desmedida atención el papel pautado en el cual había escrito el último acorde. Por fin había concluido su sinfonía para orquesta de cuerdas, que había intitulado *La Traición*. Se sintió como el alpinista cuando finalmente remonta la cima. No había ahí nadie para aplaudirle pero sabía que había consumado una hazaña. Para sí mismo. Tenía tal devoción por esa dotación musical que en lugar de convertirse en un acicate se había traducido en un impedimento. Que ahora acababa de superar. Si lograba conmover ya no dependía de él. Él había hecho su mejor esfuerzo. Técnicamente su música era irreprochable. Lo sabía. Se había preparado con esmero y los resultados estaban a la vista, o mejor dicho al oído. Porque en la reducción para piano se oía bien, muy bien: frases de gran aliento, melodías que transcurrían como olas que iban y venían, y que despuntaban en una playa indómita, encuentros sincopados entre los instrumentos que de pronto recordaban el sístole y diástole de un corazón ora agonizante ora vuelto loco.

Tomó su celular y seleccionó el nombre. Apareció el teléfono de Brígida. Y enseguida el tono de ocupado. Malditos celulares, se dijo, son una mierda. Nunca sabe uno si te quieren mandar al carajo. Estúpidos, imbéciles. Están haciendo del hombre una moronita de pan. Así de chiquitita. Mensajitos mis huevos. Quería celebrar con ella, arrastrarla en ese alud que sentía crecer en su pecho. Si no es cualquier cosa, en México no existen sinfonías para cuerdas como para aventar para arriba y a ver a quién le caen. Soy de los pocos elegidos. A mis 22 años. Se lo dije a ella, por ti sería capaz de componer hasta una sinfonía para cuerdas.

Fue a la cocina y se sirvió su tercera taza de café en lo que iba de la tarde. Extra grande y extra fuerte. Era el café de Veracruz que hacía muy poco le había traído su amigo el jarocho. Cómo lo envidiaba: mujer tras mujer y sin necesidad de darles nada. Cero atención. Cero promesas. En cambio él, hasta una sinfonía había compuesto y lo más seguro es que aquello se iría al diablo.

Marcó por quinta vez y por quinta vez le sonó ocupado.

Abrió el refrigerador, buscó en la despensa y no había nada que llevarse a la boca. Bueno, no era la primera vez y podría aguantar hasta el día siguiente, en que por cierto cobraría en la agencia de publicidad. Menos mal que contaba con esa fuente de ingresos, que se lo tenía bien guardado porque no era algo que lo hiciera sentirse orgulloso. Todo un compositor escribiendo música simple y vulgar para anuncios de aspiradoras. ¿Por qué se estaba sintiendo desgraciado si habría de sentirse feliz? Había terminado su sinfonía hacía no más de tres horas y ya estaba sudando como enfermo.

¿Pero no era probable que de verdad estuviese ocupado? ¿Por qué Brígida le haría algo así? ¿Por qué habría de mentirle? Su padre le había dicho que había que desconfiar de las mujeres porque eran capaces de las peores bajezas. Con toda seguridad ella no sentía por él más que desprecio. Un artista no podía aspirar a más. Y menos un compositor. Todo mundo se lo había dicho, empezando precisamente por su progenitor. Qué bien que estaba la sinfonía allí, por supuesto que sí. ¿Y qué con eso? ¿Y quién la iba a tocar? Al carajo. Daba igual. Las páginas pautadas no significarían nada para Brígida. Si ella ni siquiera leía música. Era una mujer como cualquier otra. Si cuando menos fuera yo poeta le podría leer mis versos. O ella misma los leería. Qué suerte tienen los imbéciles poetas.

Iba a volver a marcar, cuando entró la llamada. Vi que me llamaste. Sí, te llamé, pero da igual. Sólo quería oírte. Cómo va tu sinfonía, ¿ya la acabaste? Me prometiste que la ibas a terminar hoy. Me atoré y no pude concluirla. Se me fueron las ideas. Lo más probable es que nunca la termine. Tienes que hacerlo. Para mí será una prueba de que me amas. ¿Y tú que estabas haciendo, que siempre sonaba ocupado? Nada, luego te cuento. Bueno, si acabas esa sinfonía, ¿me llamas? A la hora que sea. Sí, claro. Aunque te digo que ya perdí las esperanzas. Mejor voy a escribir un concierto para violín. Como quieras. Pero yo insistiría en la sinfonía. Si ya estás a punto de acabarla. Si no se me ocurre el final es que no vale la pena. Piénsalo. Pero en fin. Tú sabrás. Y si te hace falta inspiración, échame un grito y voy a verte.

Al diablo, se repitió. Tomó aquellas páginas, las rompió en tantas partes como le fue posible y las lanzó con tino prodigioso al bote de la basura. Fue hasta la cocina y se preparó una taza más. Un trago le vendría mejor. ¿En dónde había dejado la botella? Nunca se acordaba. Le sobrevinieron las ganas de orinar. Fue al baño y descargó. De pronto sonó el aparatito. Era Brígida. ¿Qué querría? Que se lo dijera al demonio. Arrojó el celular a la taza y jaló la cadena.

## Sígase de frente

*Para Juan Manuel y José Luis*

Se subió al taxi y lo primero que descubrió fue que ahí se vendían libros. O bien se prestaban para leerse en el trayecto. Le pareció que se había subido a un vehículo de esos que desfilan en los carnavales.

—Oiga, aquí hay un letrero que dice que usted vende y presta libros. ¿Me subí a un taxi o a una librería?

—Se subió a un taxilibrería. ¿Y a dónde lo llevo?

—Sígase de frente... Entonces, como quien dice usted gana por partida doble.

—No, porque usted no tiene obligación de comprar el libro, y por prestarlo no cobro —respondió el taxista.

El pasajero leyó la lista de libros. Ningún título le resultó familiar. Después de todo él no era lector. Él era asaltante de taxis. Tenía años de vivir de eso. Su *modus operandi* siempre era el mismo. Le daba igual cualquier barrio de la ciudad. Portaba un pequeño revólver calibre 22, un arma ya vieja y pasada de moda. Pero que aún provocaba miedo. Los taxistas la veían y en el acto obedecían sus órdenes. Que no eran muchas: síguete de frente hasta donde yo te diga, hijo de la chingada, échame todas tus pertenencias en esta bolsita, y no la hagas de pedo porque te mueres, venga tu celular, y si te quieres pasar de listo te suelto un plomazo.

En alguna época se quedaba con el auto. Bajaba al taxista allí donde veía más despoblado. Le daba un puntapié, se ponía al volante y se marchaba de ahí. Hasta un garaje de los muchos que había en Iztapalapa. Ahí le pagaban de inmediato —ni la quinta parte de lo que valía la unidad—, le daban las gracias y lo esperaban hasta el siguiente. Hasta que no lo hizo más, cuando lo invitaron a que participara en el secuestro de la familia de un empresario. Pedirían una fortuna, y todos saldrían beneficiados. Prefirió no entrarle. Lo más fácil del mundo era que las cosas se complicaran y que terminaran matando a alguien. Quién sabe a quién. Pero decidió no acercarse más a ese garaje. Se mantendría lo más alejado posible, se cambiaría a otro barrio. Por si lo buscaban...

Siempre había tenido pasión por las armas. Desde pequeño. Haber nacido en Iztapalapa, casi enfrente del mercado de San Juan Pantitlán, lo había puesto en contacto con la violencia desde que era un niño de cuatro años. Salía a la calle, y era común ver asaltos a mano armada y a plena luz del día. Alguna vez le tocó ver un crimen. Un chico le había gritado a otro más joven que se detuviera; pero no hizo caso. Se escuchó una detonación y el que no se detuvo rodó por el suelo. De la mano de su madre, el niño se acercó a mirar. El herido aún se convulsionaba. El niño no podía quitarle la vista de encima. Hasta que por fin expiró. Cosa que no le llevó ni un par de minutos.

Así que desde que era un adolescente, se propuso tener un arma. Le resultó lo más fácil del mundo. Como en la explanada de su delegación solían intercambiar juguetes, despensas y herramientas por armas, su olfato le hizo saber que él podría aprovechar las circunstancias para conseguir una pistola. Y así fue. Cuando a la vuelta del tiempo pensaba en eso, le parecía que había sido un regalo del cielo. Simplemente esperó. Una señora se presentó ante el dependiente, le dio la pistola y le señaló la despensa que quería. El dependiente puso la pistola en una caja, se movió un par de metros para traer la despensa, y él tomó el arma.

—¿Y qué tal deja su negocito?

—No, qué va. Mucha gente cree eso, pero la verdad es que no tienen ni idea. De cada libro que vendo le tengo que dar su parte al autor, y los autores son bien gandallas. Ellos sí se llevan la lana.

Le urgía escupir la palabra *asalto*. Le andaba de ganas. Su mano derecha no dejaba de acariciar la cacha. Qué bien se disimulaba la .22 bajo la chamarra. Sacó la mano y tomó un libro. Lo hojeó. A él los libros le importaban un cacahuate. Menos que nada. Nunca en su vida había cursado un grado escolar más allá de la primaria. Sí había tenido varios trabajos, pero lo suyo era el asalto. Que hasta el momento había funcionado muy bien, máxime porque no había matado a nadie. Sus hijos —también su mujer— pensaban que era contador.

—Usted sígase derecho...

—Pero es que necesito saber, para que escoja mi carril a tiempo —insistió el trabajador del volante, visiblemente nervioso.

Qué hombre tan necio, se dijo. Por menos que eso ya lo hubiera arrojado a la carretera.

—¿Sabe qué? Me voy a llevar un libro para mi hijo. Es mi hijo Poncho, el único que lee. Los demás se la pasan en la calle. Todo el día.

—Peligroso, peligroso…

—Pues sí. Pero qué se le va a hacer. Déjeme en la siguiente esquina. Ahí me bajo.

## El tesoro

Alguien, imposible saber quién, imposible saber cómo, había encontrado el tesoro antes que ellos. Y donde aquella madre —con su hijo— esperaba toparse con unas cuantas monedas, y alguna que otra joya de fantasía, no había más que tierra escarbada, y un vacío que se incrustó en su alma. Un vacío a modo de un mazazo que le había pulverizado el corazón.

Lo habían planeado todo. Vivían en Tepepan, bastante lejos del Parque México. Lo habían planeado porque era cosa de los dos: de ella y de su hijo Guadalupe Victoria. "Mira —le había dicho ella—, vamos a buscar un tesoro. Estoy segura que lo vamos a encontrar. Hasta un mapa voy a hacer", y el niño, con sus cuatro años como alas, se le quedaba mirando embelesado. Amaba a su madre —¡mamá, te amo!, le gritaba cuando estaba en el piso de arriba viendo la televisión, y la madre le hacía la cena en la cocina, y lo unía a ella una fe incuestionable.

Preocupada siempre por darle la mejor educación —por mejor educación entendía una forma de ser integral, que comprendiera en igual medida inteligencia y sensibilidad—, no dudaba en estimularlo. Lo mismo le tocaba el piano que lo llevaba a exposiciones, le leía cuentos y poemas que le platicaba la vida de héroes y artistas, que para ella eran lo mismo. Sin un padre en la casa, también le inoculaba valores universales (como el respeto a los héroes de la patria).

Su hijo, el pequeño Guadalupe Victoria (lo había llamado así, más que por el primer presidente de México porque la combinación de aquellos dos nombres le parecía un artilugio divino) la escuchaba tocar el piano, la veía pintar óleos enigmáticos, la contemplaba leer o escribir, y el mundo le abría sus compuertas. Compuertas que, desde luego, ella le impelía a cruzar. Porque ella misma era así. Enemiga a muerte de los convencionalismos que solían atar a las mujeres a su condición de viles servidoras de los machos; defensora acérrima de los principios que ella juzgaba incorruptibles, y que tenían que ver con el respeto y el amor, pero en la misma medida mujer apasionada y amorosa, capaz de entregarse a un hombre hasta extremos que habrían hecho dudar a las más radicales, mujer de una sola pieza, vivía cada día, sin poner en riesgo a su hijo, como si fuera el último.

Pero constantemente una preocupación la acometía: no despertar en su hijo toda la imaginación posible, toda la que ella como mujer, creativa y noble, se sabía capaz de darle. Por eso ideó el juego del tesoro.

Era muy simple. Mientras Guadalupe Victoria estuviera en la escuela, iría a cualquier parque —había decidido que fuera el México, porque alguna vez había vivido en la colonia Condesa—, enterraría el tesoro al pie de un árbol que marcaría con un corazón, y al día siguiente regresaría acompañada de su hijo, le mostraría la señal, le indicaría dónde escarbar, el niño encontraría el tesoro. Y se reirían a carcajadas.

En el camino al parque, ella le habló de lo que significaba un tesoro. Para el hombre que lo enterraba y para el hombre que lo descubría. Le habló de que las novelas y las películas hablaban de eso. El niño escuchaba arrobado y de vez en cuando preguntaba: ¿Los hombres que enterraban tesoros eran malos, se comían a los perros? ¿Los hombres que encontraban los tesoros eran buenos, les ponían azúcar a los perros que se comían?

Por fin llegaron al Parque México. ¿Cuándo vamos por el tesoro?, le preguntaba Guadalupe Victoria cada metro. Y ella respondía: ya merito, ya merito, y a sus labios acudía una sonrisa de amor maternal mientras con su hijo seguía el mapa.

Entonces localizó el árbol. Es aquél, es aquél, dijo. Tomó al niño de la mano y se fue aproximando poco a poco. ¡Éste es! ¡Éste tiene que ser!, ¡mira el mapa!, gritó cuando tuvo al árbol marcado frente a ella. Le dio la palita a su hijo —sin la cual el niño no iba a ninguna parte—, y ella con sus finas, delgadas y blancas manos, lo ayudó a escarbar. Pero una punzada le perforó el estómago. De entrada se percató que alguien había ya escarbado. Lo notó de inmediato. Aunque insistió en que escarbaran. Acaso estaba confundida.

Pero fue inútil. Ahí no había nada. Seguramente alguien la había visto la víspera, y había hurgado. Hasta encontrar aquella bisutería.

El niño se volvió a mirarla. Grande fue su sorpresa cuando descubrió que su madre lloraba. A él no le pesaba tanto.

—Mami, no llores, yo te amo— y la abrazó. Y lloró en su cuello.

Y ella entendió.

El tesoro siempre había estado ahí.

## Estigma

Se mataría, por supuesto que se mataría. Pero antes se llevaría al fulano a la tumba. Lo tenía perfectamente ubicado. De hecho, lo había espiado tanto que sabía de memoria sus horas de entrada y salida. Vendedor de calentadores de agua en una empresa modesta, lo había visto entrar a su centro de trabajo con su portafolios y una sonrisa triunfadora. Como si se dispusiera a elaborar las más jugosas ventas. Si era un vendedor como cualquier otro. Que luego del transcurso de una hora en la chamba, salía a trabajar; es decir, a vender sus calentadores, y que luego de eso regresaba a su oficina, seguramente a rendir cuentas de su jornada, y que no se marchaba de ahí hasta las nueve de la noche. Todo eso sabía. Todas las noches lo mismo. Todos los días lo mismo. Pero esta noche él lo esperaría. Aguardaría a que cruzara enfrente de él y le dispararía. Apenas lo había visto una sola vez. Tenía un año de eso. Porque habían coincidido cuando la fotografía de su hijo. Cuando habían salido de la primaria. El suyo y el hijo de él, que eran amigos entrañables.

De ahí había sucedido lo que el niño, su hijo Mauricio, había contado entre llantos y gemidos. Cómo ese hombre lo había violado. De inmediato, él había llevado a su hijo a la delegación. El médico había constatado la violación del pequeño. Doce años. Luego de la denuncia, el hombre había ido a dar a la cárcel para salir seis meses después. ¡Seis meses!, se sorprendió aquel padre. ¿Cuánto dinero habría dado?, ¿o de qué influencias gozaba? Lo ignoraba. Las cosas no podían quedarse así. Cuando supo el destino de aquella denuncia, lloró, y encima se descalabró cuando estrelló su frente en la pared de la sala. Una rabia interna se tradujo en llanto. No era justo. Conservaba la pistola .45 que había sido de su padre. Tendría 20 o más años que no había sido disparada. Pero ése no era el punto. Seguramente serviría. Había oído decir que una pistola era el arma más noble. Que nada importaba que no se usara con frecuencia. Como un puñal.

Con la pistola en la bolsa del saco esperó a que el hombre pasara enfrente de él. Se había detenido a echarse un trago para quitarse el temblor de las manos. Siempre que se disponía a hacer algo que le representara una emoción extraordinaria, no podía controlar los nervios.

Lo vio venir. Feliz de la vida. Como si siempre se hubiera dedicado a hacer el bien, y esa sonrisa fuera el resultado de sus buenas acciones.

De alguna manera se lo había dicho a Ileana, la madre de Mauricio. Voy a matar a ese hombre, porque lo iba a hacer. Si bien él había criado a su hijo. Si bien había tenido que asumir en carne propia que su mujer lo hubiera abandonado por otro, a partir de la violación de Mauricio el juez había ordenado que el niño pasara a las manos de su madre. Que aquella violación de la que había sido producto la víctima, en parte había sido por el poco cuidado que el progenitor le proporcionaba, pese a todos sus esfuerzos. Notables, pero insuficientes. Pero como si todo mal acarreara un bien, el golpe había humanizado el corazón de Ileana. No sólo se había vuelto una madre amorosa y atenta, sino que hablaba con él. Lo escuchaba y le tenía paciencia. Como la víspera en la que él le había confesado que mataría a aquel hombre. No lo hagas. Abrirás la herida de Mauricio. Le harás un estigma del que no podrá deshacerse nunca. ¿Qué vendrá luego de eso? Pasarás en la cárcel el resto de tu vida. No lo hagas.

Pero no. Enseguida él se mataría. Qué caso tenía vivir. Ninguno. Lo había pensado bien. Correría a su departamento y se dispararía en la sien. El plan era muy arriesgado. Pero a una violación mortal, no había más que una solución mortal.

Lo vio venir. Ahora estaba a sólo unos pasos. Amartilló la pistola. Pero no sólo le temblaba la mano. También el brazo. El hombro. El pecho. Todo el cuerpo. Como si un viento de 100 kilómetros por hora lo quisiera arrancar del suelo. Dio un paso y se le puso enfrente. A sólo un par de metros venía una mujer, pero siguió de largo. No era su asunto.

—Tú violaste a mi hijo y te voy a matar, hijo de tu puta madre. Hasta aquí llegaste.

El hombre no dijo una palabra. No sabía si mirar el arma o los ojos de aquel sujeto.

—Dime que te arrepientes.

—No me arrepiento. Si te lo dejé putito.

Disparó. El estruendo lo dejó sordo. Corrió a su casa, con un silbido en los oídos. Aún le faltaba la otra parte del plan.

## El vaso delator

Salimos de la casa de Óscar con la caminera en las manos. Cada quien con su trago, servido en un vaso rojo de plástico.

Eran las tres de la mañana y habíamos estado bebiendo desde la una de la tarde. La hueva de salir y comprar cualquier cosa para llevárnosla a la boca, nos había dejado con el estómago vacío. Porque, como era habitual, en la casa de Óscar no había ni un cacahuate.

Por eso decidimos salir. Porque el hambre nos estaba haciendo desvariar. Por ahí daríamos con un puesto de tacos. En la colonia Obrera siempre es posible satisfacer el hambre. A la hora que sea.

El error fue salir con el trago en la mano.

Íbamos los tres: Óscar, Armando y yo, Abel, el *Hules*, como me decían, por mi ya célebre y caduca elasticidad. Tres jóvenes híper pacíficos, absolutamente ebrios, con unos cuantos pesos en los bolsillos y un vacío en el estómago brutal.

Una patrulla se nos emparejó, y, como si fuéramos en automóvil, nos indicó que nos orilláramos. Automáticamente nos botamos de la risa, ¡cómo que nos orilláramos! Pero en fin, lo hicimos. No se fueran a encabronar.

—Es delito beber en la calle —dijo uno de ellos, el copiloto, que fue el primero, y el único, en bajarse.

Se va a poner feo. De dónde vamos a sacar para que nos dejen ir si no tenemos marmaja, pensé de volada.

—No sabíamos —atajó Óscar, que de los tres es el único alto, o cuando menos es de lo que él presume con su uno setenta de estatura, y soltó el vaso. Como para poner el ejemplo. En el suelo se desparramó lo que quedaba de su cuba apenitas pintada. Yo mismo se la había preparado, en un gesto de caballerosidad que sólo entendemos los borrachos, seamos de la edad que seamos.

La patada del copiloto en los huevos de Óscar fue instantánea.

—¡No tires la evidencia, pendejo! —ladró.

Armando y yo nos quedamos paralizados. Si no hubiéramos estado tan borrachos, habríamos corrido cada quien hacia un punto distinto, siempre en sentido contrario al de la patrulla. Nunca nos había pasado, pero cantidad de veces lo habíamos hablado. Ahora que el tiempo ha transcurrido, me pregunto si nuestra parálisis se debió al alcohol o al impacto que provocó la patada de aquella bestia, como si en realidad nos hubiera golpeado a los tres.

Armando dio un paso, parecía que iba a decir algo, pero el patrullero le dio un golpe en la barbilla con el dorso de la mano abierta. Como tenía el vaso, no pudo hacer nada. Era como si tuviera la mano atada. Maldito vaso delator, me dije. Pero finalmente yo era el último que faltaba. No tenía más que dos opciones: echarme a correr, por más borracho que estuviera, o enfrentarme al psicópata. Quedarme con mis amigos, quienes a estas alturas estaban en las peores condiciones. Ambos en el suelo. Uno sobre su vómito y el otro con la boca y la nariz sangrando. Los dos y cada uno sin posibilidad de combate. O huir.

—A ti también te va a tocar, mocoso hijo de la chingada.

Pero la ventaja que yo tenía se llamaba elasticidad. Hubo un tiempo, que estaba yo decidido a ser un hombre elástico. Como el de los Cuatro Fantásticos. Excepto mi padre —que fue quien finalmente se salió con la suya—, todos mis parientes (por parientes entiendo mi madre y mi hermana) y mis amigos me apoyaban. Quería ser contorsionista. Dedicarme al espectáculo. Porque yo era capaz de hacer con mi cuerpo lo que me viniera en gana. A los once años cabía en el horno de la estufa. Podía adaptarme a lo que fuera. Me chocaba jugar a las escondidas porque me ocultaba hasta en el buró y siempre ganaba. Me llamaban el *Hules*. Por supuesto que había perdido la práctica. A mis 15 años y uno sesenta y cinco de estatura seguía pesando 50 kilos, flaco como una vara, pero jamás hacía ejercicio ni practicaba la gimnasia que yo mismo había inventado para perfeccionar mi "arte" —y lo entrecomillo porque así lo llamé alguna vez.

Así que esperé el golpe del patrullero con la mayor serenidad y concentración posible. Como retándolo. Me le puse al tiro para que descargara la patada. Cosa que la bestia hizo. La recibí pero el golpe se desvaneció entre mis muslos. Dejé apenas que me rozara, pues en una contorsión metí mi zona lumbar. La bestia venía drogada y no se percató de que lo estaba engañando. Me tiré al suelo y fingí el grito y el dolor. Vi cierto desconcierto en él. Mínimo. Se aprestó para darme otra patada. Donde cayera. Lo esperé. Descargó el golpe en mi costado. Volví a meter las costillas y el golpe no me llegó.

Entonces se fastidió. Se dio media vuelta y se trepó a la patrulla, que arrancó y se fue de ahí.

Nunca solté el vaso. El vaso delator.

—¿Ya desayunaste?
—No, ¿y tú?

---

Mis amigas no toman. Comemos cada fin de semana —de preferencia los sábados—, y les basta con una copa de vino. Yo bebo tres. Más un aperitivo —generalmente un whisky, cómo me atraen los hombres que beben whisky— y un digestivo —generalmente un Chartreusse verde… deja un sabor de boca tan refrescante.

Esto tiene implicaciones de todo tipo. Me consideran una alcohólica. Lo cual me da exactamente lo mismo. Estoy segura de que estas amigas me convocan por el puro morbo. Quieren saber qué se siente convivir con una dipsómana. Porque si fuera yo hombre, qué chiste tendría. Con el macho que tienen en su casa, ya es suficiente —si es que tienen un macho; porque si fuera tal no las dejaría salir tan fácilmente. Los conozco a todos. Hemos convivido en reuniones en la casa de cada uno de nosotros. Por supuesto, yo siempre hago el oso; Nacho se avergüenza muchísimo, pero ya qué. Él menos que nadie es un macho, a lo más es un vil indiferente. Le da igual lo que hago con mi vida. Si fuera macho me celaría como perro, como alguna vez fue.

Digo que estas mujeres ven en mí un espécimen digno de estudio. Cuando nos sentamos y el mesero acude presuroso a tomarnos la orden, me da risa ver en sus rostros la inquietud, el temor, la ansiedad por lo que voy a ordenar, con seguridad le han de decir a su marido: Clarissa ordenó esto y lo otro, es una borracha perdida. Y ellos han de hacer cara de estupefacción y reprobación absoluta, los muy dignos; aunque en el fondo de su corazón quisieran tener una mujer igual. Que se emborrachara con ellos y que les soltara la neta, no que han de estar acostumbrados a escuchar puras hipocresías.

El otro día Amida, la única joven, la única con cabeza, la más alivianada de todas, me dijo, palabras más, palabras menos, me dijo, así como en susurro: ¿ya probaste el Siete Leguas?; es una maravilla. El otro día me tomé cinco en la casa de mi suegra y me caí. Imagínate el ridículo. Todos los familiares de mi marido estaban de a seis, que no lo creían. Pero Raúl se portó bien tierno. Llegando a la casa me acostó y me apapachó. Aunque al día siguiente me dijo hasta de qué me iba a morir. Así que prefiero ya controlarme. ¿Y tú?

No le contesté. Para qué. Si estaba bebiendo ante sus ojos. Además, si le contesto le voy a dar material para que se burle de mí. Mejor le digo que es una idiota, a ver qué cara pone. ¿Se lo digo o no? Si yo no la hago de jamón. Soy ebria, borracha, dipsómana, peda, alcohólica, jarra. Y qué, a quién le importa. Llegar a este nivelote me ha costado un par de matrimonios. Y dos hijos. Que viven con su respectivo padre. Todo esto hace que mis amigas no me soporten —y las llamo amigas, pero es que es cierto, no les guardo ningún rencor, tirria, ni nada; creo que las entiendo, en su mediocridad las entiendo. En especial a Amida. Es tan bien intencionada como idiota. Le voy a decir que es una pendeja, a ver qué hace. Nomás quiero saber qué hace. No, para qué.

Los hombres son dueños de la situación. Son dueños de todo. Todo gira alrededor de ellos. Ellos deciden a quién colgarle el epíteto de borracha. Y cuando lo deciden se espantan. Están casados con la mujer conservadora. Y no están dispuestos a brincarse las trancas. Primero les encanta que su mujer se embriague. Les para la verga. Y después se autoinmolan —eso dije, se autoinmolan. Se arrepienten de haber avivado el alcoholismo en su mujer, sobre todo cuando suponen que su mujer habrá de ser un ejemplo de beatitud y mojigatería.

Por eso rompí con Julio, mi primer marido. Muy chido, muy jefe, muy reventado, y al final le dio pánico que bajo el vértigo del alcohol yo me acostara con algún hombre de los que estaban acodados en la barra. Con Andrés pasó exactamente lo mismo. Así lo conocí, en la barra de La Jalisciense, allá por Tlalpan. Le súper fascinó que fuera yo reventada. Esa misma noche en la cama me propuso matrimonio. Yo le dije que no, que se iba a arrepentir. Pero al final nos casamos, como Julio, me hizo un hijo, y se largó con el chamaco. Eso me ha dolido, y bien a bien es la razón por la que ahora bebo. Porque no sólo los hombres deciden el destino del mundo sino que además el Estado los apoya para que se queden con la prole.

No quiero que estas palabras suenen a que estoy resentida o algo así. Al contrario, soy más lúcida y libre que nunca; hasta donde puede llegar a serlo una dipsómana. Pero si he de ser sincera —y ya que de eso estamos hablando—, les voy a contar la neta. Con el alcohol descubres tu verdadero potencial. De tu sexualidad, me refiero. Porque las mujeres somos bien cachondas, pero estamos horriblemente, trágicamente reprimidas. Por la tan cacareada maternidad, nos quedamos con las ganas de coger con un montón de machos cabríos. Nos da miedo. De que nuestro marido nos descubra y arme un follón que no se la acaba. En cambio la peda nos permite adoptar la sexualidad del varón. Lo cual es un aliviane. Para decirlo en una palabra: el alcohol es la llave maestra que te abre la cerradura que tienes entre las piernas. Naturalmente que ninguna de estas idiotas babosas admitiría mi aforismo. Y menos Amida. Pero es lo que todas ellas quieren. Que se las cogieran hasta que las hicieran gritar, pedir auxilio, rogar un poquito de piedad.

Amida se me está quedando mirando raro. Sabe que ya perdí el control. Y teme cualquier cosa. En el fondo sabe que tengo la razón. Pero es igual de mojigata y mamona que todas. Y yo que hasta la había disculpado y le había dicho que era linda. Qué va. De lo que se ha perdido. En mi inconsciente le ordeno: Bebe, bebe pinche puta. Para qué se lo digo a través de mi inconsciente. Qué no tengo huevos o qué. Se lo voy a decir con todas sus palabras. Y va para todas, a ver cómo reaccionan, que para todas tengo: "Dejad que el alcohol vanga a mí".

## Fokin sol

Se había pasado la mañana leyendo, tumbado en una hamaca. Siempre guarecido del sol, que tanto daño le causaba a su piel. Fokin sol, se dijo, y sonrió.

No tenía ninguna otra cosa que hacer. Excepto distraerse con una novela de Hemingway y un whisky tras otro, o mirando las nalgas de las mujeres que de pronto pasaban delante de él. O familias completas que semejaban una felicidad propia de telenovela. Cómo le fastidiaban esas caras siempre sonrientes, esos rostros tan iguales entre sí —incluso de padres a hijos—, cada cual más monótono e irrelevante.

Nunca le habían gustado las vacaciones, y menos ir a playa alguna. Odiaba el mar. Casi tanto como comer al aire libre, o asistir a reuniones de más de dos personas. Si ahora había accedido ir a un puerto no había sido por una decisión suya sino por darle gusto a Maribel, por quien empezaba a sentir algo más que la satisfacción de un deseo surgido desde sus tiempos de estudiante universitario.

Porque entonces la había conocido. Que hubieran transcurrido apenas un par de años no significaba gran cosa.

Se la había topado en la premier de una película. A él siempre le había gustado el cine, a ella no. Por eso le había llamado la atención verla ahí. Aunque desde luego, pensó, era posible que no hubiera ido por el film sino por el glamur. Pero la cosa era otra. En cosa de segundos, se percató que ella se había citado con un hombre, y que por eso estaba ahí. La vio sola. Cautelosamente se aproximó, mirando hacia los lados, buscando entre la gente al supuesto hombre que estaría con ella. Total. Estaban en el brindis y de alguna manera había la posibilidad de que aquel tipo hubiera ido por una copa.

Pero no fue así.

Iba sola. "No sabía qué hacer y me vine a meter aquí", respondió.

A la segunda copa, él la vio mucho más guapa de lo que recordaba. En particular los senos. Lo que para él había sido un busto pequeño e insignificante, ahora era una franca y obscena provocación. En aquellos pechos había no sólo una prominencia bienhechora, sino una promesa imposible de pasar por alto.

Se recargó en la pared e hizo su mejor sonrisa. Había ensayado esa pose. Precisamente con la intención de granjearse la admiración de la naturaleza femenina. Después de todo era bien parecido y lucía esbelto y ágil, dos cualidades que, según él, las mujeres valoraban.

Pues ya estaba ahí, en aquella playa no muy conocida de Mazunte. Ella lo había convencido. Que le gustaban las playas jipiosas, que se estaba en contacto estrecho con la naturaleza, que el crimen organizado no había llegado hasta ahí, que el paisaje aún no estaba contaminado como en tantos otros puertos del país.

Aquella noche ella le había arrancado la promesa. Justo cuando estaba en la segunda sesión amorosa. Se avecinaban las vacaciones y no habría ningún problema. Los dos solteros. Los dos sin compromisos laborales. Sin hijos. Así que se pusieron manos a la obra, con esa espontaneidad que da un encuentro intenso, y al día siguiente ya estaban tomando un avión hasta Puerto Escondido. De ahí a Mazunte no había más que 45 minutos.

Pero ya estando ahí la conducta de ella cambió. Actuó en forma intransigente de principio a fin. Él propuso un hotel —guiado más por la franquicia que por la recomendación de nadie—, y ella otro. Él sugirió pasear por los alrededores y ella permanecer en una hamaca a la orilla de la alberca. Él pidió un whisky y ella prefirió un mezcal —martini mezcal, dijo, como si conociera tan bien de lo que estaba hablando. Algo le estaba pasando a esa mujer, que parecía articular las cosas como si en eso le fuera la vida.

Entonces, aunque a solas, él decidió emprender una caminata. Para que no se ocupara su hamaca, la dejó apartada con un six de cervezas. No importaba que se entibiaran. Las mandaría enfriar, o pediría una cubeta de hielo.

Echó a andar.

Vio todo eso que le fastidiaba, por una razón u otra, desde su infancia más lejana. La gente tan quitada de la pena. En plena y aburrida armonía. Pero él no era dado a preguntarse nada sobre sí mismo, a dar con las razones de sus traumas. Siguió su camino. En algún lado con sombra podría detenerse. Entonces reparó en una persona, que habría sido la última que hubiera deseado descubrir: Luis Antonio Contreras. El tipo más pesado y fastidioso de la carrera. Insoportable. Estaba tomando el sol, acompañado de una mujer que con toda seguridad era su esposa. Se notaba tan claro como el agua. Pero era evidente que se sentía incómodo. De pronto se volvía hacia un lado, de pronto hacia el otro. Con el ceño fruncido.

*Gusanos*

Le guardaba una animadversión tan profunda, que ni siquiera quiso acercarse y saludarlo.

Dio media vuelta y prefirió regresarse hasta su hamaca. Lo hizo disimuladamente y desviándose del camino principal. No fuera a voltear aquel hombre y lo descubriera. En ese momento miró a Maribel, que venía hacia él. Con toda seguridad ya estaba de mejor humor, y había venido a buscarlo para hacer las paces, emborracharse y pasarla de lujo los dos días que restaban. Se veía hermosa con su traje de baño de dos piezas diminutas. La esperó con los brazos abiertos, a un par de metros del camino. Pero ella pasó de largo. Diablos, no lo había visto. Iba concentrada y no lo vio. Era lógico. Con tanta gente. Porque una cosa era que se tratara de una playa poco concurrida y otra que careciera de turismo. Gente iba y venía. Se dio media vuelta y la siguió. Le diría quién estaba ahí. Que se desviara. Pero entonces sintió correr una corriente helada en su columna vertebral. Cuando hubo caminado unos cuantos metros más, cuando Luis Antonio Contreras la tuvo en su visión, se puso de pie, le dijo algo a su esposa, como excusándose, y la alcanzó. Se ocultaron tras un árbol, donde ni remotamente la mujer de él los pudiera ver, y se besaron. Con esa intensidad furiosa que prefigura los amores clandestinos.

Qué hacer, se dijo él.

Se encaminó hacia la señora, y sin mayor prolegómeno señaló hacia el árbol donde se habían encubierto Luis Antonio Contreras y Maribel. Quienes gozaban de aquel beso como dos estudiantes universitarios.

De ahí se fue directamente hasta la administración. Ordenó su cuenta y subió por su equipaje. Lo bueno es que ni siquiera había tenido tiempo de desempacar.

## Los perros

Esperó pacientemente a que su padre se presentara. Lo citó una hora antes, a sabiendas de que Nicolás Ortega se tomaba su tiempo.

Esta vez, tenía la esperanza de que en ese lapso aparecería en cualquier momento. No había ninguna razón para que no fuera así. Excepto su desinterés —ésa era la única palabra que él encontraba adecuada—, que desde siempre había sido así. Desinteresado. Apático. Con él. Lo recordaba. Cada rato le venía a la cabeza. Sus padres se habían separado —jamás habían estado casados— cuando él tenía dos años. Más organizada su madre que su padre, sin embargo la señora lo tenía que presionar para que se ocupara más de él, de su hijo. Y lo lograba hasta cierto punto. Porque él siempre tenía a la mano un pretexto para evitar comprometerse.

Bajo la excusa de que era artista —porque él mismo lo argumentaba de ese modo—, jamás traía un centavo en los bolsillos. Ya había rebasado los cincuenta años, y ni aun así el desajuste en que vivía lo ponía contra la pared. Una vez tras otra, su esposa intentaba hacerlo reflexionar. Como si fuera su obligación zarandearlo. Que encima le creaba una autodependencia de la cual no lograría desprenderse jamás, era otra cosa. No por él, decía ella, sino por el niño. Lo sacudía emocionalmente. Lo obligaba a que se mirara con crudeza, a que no tuviera concesiones. Pero era por demás. Aquel hombre carecía del menor ímpetu que lo beneficiara como padre de familia.

Fueron las drogas, se dijo mientras miraba el pasillo. Que se veía largo y profundo como un túnel de carretera. Su padre podría presentarse en cualquier momento. No fueron las drogas, es un irresponsable de marca, un desobligado, nunca le importamos ni mi madre ni yo. Y el recuerdo de su madre lo aplastó. ¿Por qué se murió? ¿Por qué no me vio terminar mi carrera? Se habría sentido tan feliz…

Señor Juan José Ortega Valdés, en dos minutos lo esperan los sinodales.

Escuchó. Era la segunda de tres llamadas.

Se enjugó el sudor. Sintió un picor extraño en la lengua. Un picor incontrolable.

Entonces lo vio venir.

Identificó aquellos pasos que escuchara desde niño. Aquel andar era de un hombre firme, dinámico, contundente. Recordó la vez que lo atacó un perro. No era un perro grande, pero el susto fue igual. Fue tan inesperado. El zaguán de una casa estaba abierto y por ahí salió el perro. Pero antes de que lo alcanzara aquel hocico babeante, su padre, que venía atrás, salió de la nada y levantó a su hijo en vilo. Con una enorme sonrisa en el aire, para que el pequeño no se espantara. Para que aquel susto no hiciera mella en su corazón. Así lo amaba. A su modo.

Los perros habrían de ser algo especial en la vida de aquel jovencito. El otro perro que lo marcó fue gracias a su madre. Iban en el auto de ella, un Renault Scenic. Nada parecía perturbar aquella noche repleta de automóviles que se dirigían a casa, o bien que andaban sin destino posible. Entonces las luces de aquel automóvil iluminaron el cuerpo de un perro tirado a la mitad de la avenida. La mujer maniobró y logró esquivarlo. La vida se le iba al animal. Estacionó el vehículo como pudo, y se bajó. Se cruzó en medio de los autos que venían en tropel, tomó al perro en sus brazos, lo trepó al coche y salió disparada de ahí. Rumbo al veterinario de su confianza. Porque ella sabía de animales. En casa tenía un perro, un gato, cinco conejos y seis gallinas. Cuidarlos y darles cariño representaba para ella una misión. Algo tan fuerte que la desbordaba. Por lo pronto, le había salvado la vida a aquel perro.

Para su hijo, ese acto había sido lo más hermoso que le había acontecido en la vida. Siempre que tenía que enfrentar un problema, se acordaba de él. De alguna manera le daba fuerza, solidez. ¿Había algo más importante para un hombre?, concluyó alguna vez.

El recuerdo se le vino encima y lloró. Su madre no estaba más con él. Había muerto hacía un par de años, y le bastó con evocar los ojos verdes de su progenitora, los platillos que ella misma le guisaba, las veces que habían disfrutado juntos de la música, de la poesía, de las exposiciones, para que una sensación de desconsuelo pero a la vez de profunda alegría lo colmara.

—Hijo, mi hijo —le dijo Nicolás Ortega, y de inmediato se esfumó la imagen maternal.

—Papá, creí que no venías…

Señor Juan José Ortega Valdés, en un minuto lo esperan los sinodales.

—Hijo, cómo crees que te iba a fallar. Se me hizo tarde porque pasé a firmar el contrato para una exposición.

—Sí, papá, sí, pero esto es lo mío.

—Bueno, aquí estoy ya.

—Pero me has tenido en ascuas. No sabes los nervios que traigo. Quiero pedirte un favor, papá. Que me vaya como me vaya, guardes silencio. Que no les reclames nada a los sinodales. Si me va mal, yo sabré solucionarlo después. Pero no quiero cerrarme las puertas.

—Está bien, hijo. Lo que tú quieras…

Señor Juan José Ortega Valdés, puede pasar con sus invitados. Los sinodales lo esperan.

El examen transcurrió como se esperaba. Juan José Ortega Valdés respondía con seguridad. Sus conocimientos eran vastos y precisos. Pero hubo un momento de vacilación. Los sinodales se miraron con estupefacción, pero a la vez con cierta sorna, como diciendo siempre fallan. Sobre todo uno de ellos. Que decidió atacar. Lo más duro posible. Con todo.

Nicolás Ortega se dio perfecta cuenta de lo que estaba sucediendo. Sintió el impulso de ponerse de pie y reclamarle a aquel idiota. Pero se contuvo. Se lo había prometido a su hijo. ¿O valdría le pena interceder por su vástago? La imagen del perro que había intentado morder a su hijo, sobrevino.

Un incendio comenzó a quemar su pecho.

## La Casa de Juan

*Para Octavio Núñez*

Todos los jueves en la tarde me gustaba ir a La Casa de Juan a leer. Tomaba el libro que estuviera leyendo en ese momento y me dirigía hacia el centro de aquellas calles empedradas de Tlalpan. Sumaban ya un par de años que lo hacía, prácticamente sin faltar más que contadas fechas. Porque de pronto se atravesaba algún compromiso imposible de soslayar, porque me enfermaba —soy muy proclive a los padecimientos bronquiales—, porque mi esposa me pedía cualquier favor que se le atravesaba, o de plano porque mi cartera se reblandecía hasta límites dramáticos. Y ni un café podía beber sin temor de rebajar aún más lo poco que me quedaba.

La rutina era la misma. Llegaba y de inmediato me atendía Maricruz. Siempre solícita. O Alejandro, que además de excelente mesero era famoso por su modo de imitar a los DJ.

Pero aquel último jueves que fui, una mujer me hizo pedazos. De entonces a la fecha, no he podido pensar en aquellos días sin que el terror acuda a mi mente.

Se me acercó sin que yo la hubiera llamado a mi mesa. ¿Puedo sentarme?, dijo, cuando ya casi había ordenado un exprés cortado.

¿Qué querrá?, me pregunté yo. ¿No se dará cuenta que no es bienvenida?

La miré con una reprobación absoluta. Que le quedara claro que yo no iba a La Casa de Juan a ligar. Que me dejara en paz. Que siguiera su camino. Y estaba a punto de proponerle que se pasara a otra mesa, cuando interrumpió mis pensamientos.

—¿No te acuerdas de mí, verdad?

De inmediato hice memoria. Pasaron por mi mente veintenas de rostros, de situaciones, de anécdotas que viví en las cuales estuvo involucrada una mujer; tengo sesenta años y no era nada difícil que su cara, su cuerpo, toda ella, la hubiera arrojado a la papelera. No respondí nada, ni que me acordaba ni que no me acordaba.

Pero clavé mis ojos en los suyos. Porque tampoco resultaría nada raro que me estuviera confundiendo, o de plano burlándose de mí.

Así que decidí prolongar la espera unos segundos más. Y se tragó el anzuelo porque ella habló:

—¿No te dice nada el nombre de Gustavo Arredondo Peña?

Apenas escuché ese nombre, palidecí. Literalmente, lo había borrado de mi memoria. Y no era para menos. Su recuerdo —no el de la mujer, no sabía yo qué tenía que ver ella en todo esto— me provocó una náusea. Habíamos sido los mejores amigos en la adolescencia y en los primeros años de eso que se suele llamar adultez. Es decir, que habían transcurrido casi 40 años que no había vuelto a pasar por mi mente. Siempre fue muy bien parecido. Hasta donde se puede ser bien parecido cuando los rasgos aún no adquieren su verdadera fisonomía. Yo me le pegué como una lapa cuando me di cuenta de todo lo que podía aprender de él. Desde su modo de tomar los cubiertos, hasta su forma de conducir. Sabía un poco de todo. O cuando menos de lo que a mí me interesaba. Él puso la primera copa en mis manos. Y me enseñó a compartir a las mujeres. Desde su óptica, todo lo bello había de compartirse. Mientras yo seguía una carrera universitaria, él adquirió un trabajo que le permitió ganar dinero —y que sin ningún inconveniente compartía conmigo. Lo estoy viendo en su traje de tres piezas. Flamante. Cuando regresó de Inglaterra, la gente se le quedaba viendo en el aeropuerto. Su madre se sentía tan orgullosa de él. Gracias a su perseverancia, los libros acabaron por apropiarse de mí. Pero de pronto todo se quebró. De la noche a la mañana lo invadió una desconfianza hacia mi persona, que no solamente resultó una ofensa para mí sino para todas las personas que nos rodeaban. Se refería a mí en tonos despectivos. Sus palabras eran crueles y me producían un dolor que no podía ocultar. Traté de hablar con él, de hacerle ver mi desconcierto, la pesadumbre por la que estaba atravesando. Pero lo único que logré fue que se riera de mí, y en público. Porque eso sí, aprovechaba cada vez que estábamos delante de terceras personas para exhibir mi ignorancia, mi podredumbre, mi desconcierto.

—Tú lo mataste, ¿crees que no lo sé?

—¿Yo? Ciertamente habíamos dejado de ser amigos, pero yo no lo maté. Tú que sabes.

—¿Y por qué no fuiste a su entierro?

—Eso no tiene que ver nada. Supe de su muerte, desde luego que lo supe, pero no fui al sepelio porque no quería encontrarme con su madre. Yo no tenía más amigos que él. Y a todo esto, ¿quién eres tú? No te recuerdo para nada.

—Pues déjame decirte de una vez por todas quién soy yo. Soy Celia, su novia. La mujer que envenenó su pensamiento, que hizo que te odiara. Porque yo tenía envidia de ti. Celos, unos celos bárbaros y pavorosos. Todo lo que era para mí te lo daba a ti. Todo. Me propuse destruirte a través de él. Y lo logré.

—Te equivocas —le dije, con una llama ardiendo en mi mirada—, porque la víspera de que muriera me telefoneó para que fuera a su casa. Allí estaba: desnudo. ¿Y sabes qué? Me invitó a que nos amáramos. Me sedujo y yo accedí. Entonces me confesó su amor por mí, y de dónde provenía su aparente odio, que en el fondo no era más que amor. Me habló de ti, como si me hablara de una serpiente. Sabía exactamente la clase de bicho que eras.

Se puso de pie. Vi en sus ojos el agua turbia de la decepción. ¿Qué quería de mí: chantajearme, burlarse? Lo que fuera lo dejó en los asientos de su exprés.

No sin cierto temor, el jueves siguiente regresé a La Casa de Juan. Y no he dejado de hacerlo.

## Todas las decisiones son equívocas

¿Voy o no voy?

Juan Carlos se quedó mirando el tablero de su auto. Profesaba una verdadera fascinación por los automóviles deportivos y de lujo. Su BMW lo hacía sentirse el rey del universo. Una sola y misma cosa era que llegara a cualquier bar o restaurante cinco estrellas, para que se asumiera como un hombre exitoso, el número uno entre cien millones. Esto es lo que yo vine a hacer al mundo, y a conquistar mujeres. Pensaba cuando el valet parking le abría la portezuela. Tal vez por eso se le quedaba viendo a los transeúntes que esperaban un transporte en las esquinas, y los insultaba para sus adentros, se comparaba con ellos a ver cuándo se compran un coche como el mío, cabrones, idiotas, ni idea tienen de lo que hay tras el volante de este auto. Y que no hubiera una mujer en esa esquina porque entonces se miraba en el retrovisor para confirmar su galanura. Las mujeres satisfacían su vanidad más profunda. Creía —y así se los hacía ver a sus amigos— que aun las mujeres más difíciles no resistían una cartera abultada. Y él era capaz de cualquier cosa con tal de lograr sus cometidos.

¿Voy o no voy?

Estaba enfrente de la casa de aquella mujer. Tenía más de veinte años de conocerla, y jamás le había hecho el amor. Cosa que iba en contra de su esquema amoroso. Si a la tercera vez que sales con una mujer no la has hecho tuya, olvídate, ya jamás lo será. Pasará a ser una amistad más, de la parcela de las aburridas. Este argumento cuadraba con todas, menos con ella. Marcela le interesaba y le gustaba más allá de lo prudente. En lo que podía, trataba de ayudarla. Comprándole obra, por ejemplo. Hueso duro de roer, además de cocinar —era dueña de una fonda famosa en el rumbo— pintaba sin darse por vencida. Aún no se hacía de un nombre, pero tampoco le importaba, o no tanto como para quitarle el sueño. A sus 35 años, tenía cosas que acaso cualquier otra mujer envidiaría: auto, casa, cultura solvente, admiradores a granel entre pintores, escritores y músicos. Aunque más bien las mujeres la envidiaban por otras razones, antes que nada por su belleza, que provocaba gestos de asombro entre propios y extraños, y enseguida por un pintor, de nombre Emilio, que no se separaba de ella. Enamorado como un adolescente, pasaba horas interminables a su lado. Temporadas que de pronto se alargaban y de pronto se acortaban.

¿Voy o no voy?

Juan Carlos sabía lo que pasaba entre Marcela y aquel pintor. Se deseaban y se amaban como si estuvieran hechos de fuego. Lo sabía porque él mismo alguna vez había querido ser artista, y el ímpetu del arte lo había hecho ver estrellas. Pero su talento se había ido por el caño. De un lado su falta de fe —o de vocación, se repetía—, y del otro su ambición desmedida, habían terminado por alejarlo de la creatividad artística. Pero no sólo eso. También, y quizás un factor más fuerte, su naturaleza proclive al servicio público. Porque como burócrata se le habían abierto las puertas de par en par. Más unas cuantas recomendaciones de la persona precisa en el momento preciso. Esa vida lo había hecho suyo. Pero nada de eso lo detenía. Marcela tenía que acostarse con él. Tarde o temprano.

¿Voy o no voy?

Reflexionó en sus motivos para estar ahí. Ella lo había invitado esa noche. Emilio estaría ahí. Él y Emilio no se conocían. Él lo admiraba. A pesar de ser un renegado del arte —epíteto que le había acuñado Marcela—, admiraba de frente y sin ambages. Y no perdía oportunidad de demostrar su admiración por Emilio Blanco, que así era su nombre. Simplemente se le consideraba entre los pintores más valiosos de las últimas generaciones. Su obra ganaba adeptos continuamente. Porque encima Emilio Blanco era hombre de una sola pieza —cuando menos así se le valoraba—, enemigo de las genuflexiones y de llamar la atención más de la cuenta. Más bien se inclinaba por la modestia y lo que él llamaba la *invisibilidad*.

¿Voy o no voy?

Emilio Blanco sabía que Juan Carlos estaba enamorado de Marcela, y eso era algo que no le podría caer bien, que no lo podría aceptar en su calidad de hombre. Marcela hablaba tanto de Juan Carlos, de cómo una amistad entre un hombre y una mujer podía prolongarse durante veinte o más años, que Emilio había inferido ese amor incondicional desde hacía mucho.

¿Voy o no voy?

Aquel sentimiento bullía en su interior ahora con más fuerza. Si no acudía, si no se bajaba de su auto y tenía el valor de tocar aquel timbre, ella lo tildaría de pusilánime, de pobre diablo. De que no se atrevía a darle la mano a un artista verdadero. Y si iba, el tal Emilio Blanco se burlaría a sus espaldas. Porque muy en el fondo, sabía que su éxito, su BMW, sus viajes —que no se cansaba de proponerle a Marcela que lo acompañara—, eran cosa de dar risa al lado de una pincelada maestra.

Lanzó un bufido. Puso el *drive* y se largó de ahí.

## Diego

Toqué a la puerta. Un par de timbrazos. Ahí estaba yo, dispuesto a esperar. Con tal de que me dieran ese trabajo: paseador de perros.

Abrió una mujer mayor —a mis dieciséis años, cualquier mujer es mayor—, se sonrió lindo y me preguntó si yo era Samuel. Sí, señora. Pásale. ¿Te gustan los perros? Le iba a decir que de no gustarme yo no estaría ahí, pero le respondí algo totalmente distinto: Por supuesto. Amo a los perros. Si no, no estaría yo aquí.

Supuse que íbamos rumbo hacia el patio. Y así fue. Tras dos enormes ventanales vi un jardín que me pareció el lugar ideal para que un perro, o dos perros, o tres perros, los que fueran, se la pasaran de lujo.

Salí tras ella.

La verdad yo no tengo mucha experiencia con las mujeres, y menos a los ojos de mi papá. Porque él sí se las sabe todas. El otro día me subí a su coche —es rarísimo que eso pase, más que rarísimo nunca lo hago—, me subí y cada vez que veía una mujer le tocaba el claxon, le gritaba adiós mi reina, ¿por qué tan sola, mamacita?, aquí está tu papito, y cosas así. A mí me dio pena. Él se dio cuenta y me preguntó si no me gustaban las mujeres. Sí, respondí apenas entreabriendo la boca. ¿No se te para o qué? ¿Que si no qué?, pregunté yo. Nada. Ni pareces hijo mío. La verdad me das vergüenza. Nunca pensé tener un hijo impotente. O mariquita, quién sabe qué seas tú. Carajo. Y de ahí en adelante se dedicó a darme lecciones. O sermones. Yo no tenía ni la menor idea de cómo acercármele a una mujer, ni cómo hablarle, ni cómo nada de nada. Me dijo que lo primero que había que hacer era quitarle el bozal a la bestia que llevamos dentro, agarrándote la pistola o la cartera. O sea, en lo que más confiara uno. Pero que fuera muy claro para que la vieja se diera cuenta. A esas alturas ya quería yo bajarme del coche. ¿Qué haces cuando una mujer te avienta el calzón? No supe qué responder, qué le podía responder.

—Yo me llamo Alicia —dijo de pronto aquella mujer, pero eso no fue lo que me llamó la atención sino que lo dijera intempestivamente. Se dio la media vuelta y me tendió la mano. Yo le extendí la mía y no dije una palabra. De los puros nervios. Creo que a la única mujer que le he dado la mano es a mi abuelita. Así que los nervios se justificaban al cien por ciento. Porque además de seguro la voz me iba a salir temblorosa.

Seguimos al jardín. No podía quitar los ojos de su trasero. Era enorme. Y se movía con una cadencia que me recordaba mis lecciones de saxofón. Y que me hubiera encantado videar. Porque todo lo que veo que me late me encanta grabarlo con mi ojo panóptico, que es mi ojo Sonny. Llevaba unos pants color gris. No sé si eran de lycra o de qué tela, pero se le pegaban como si fueran mallas. No pude controlar que se me parara. Se me paró con una fuerza tremenda. Si mi papá hubiera estado ahí, quién sabe qué estaría diciendo en ese momento. A lo mejor me iba a regañar. Algo encontraría que echarme en cara.

—Ahorita te presento a Diego.

Era un rott weiler. Absolutamente negro, más grande que un tráiler de 16 ruedas. Daba pavor. Cualquier ratero saldría corriendo.

—Acércate, no hace nada. Cuando le presento a alguien no muerde. Nunca ha mordido a nadie.

No debí acercarme.

Lo hice y Diego se me echó encima, pero no para morderme sino para jugar. Porque no me mordía sino nada más me zarandeaba como si yo fuera una pelota. Metía la nariz en mis sobacos y me hacía cosquillas. Me lanzaba finas dentelladas en mi barriga. Con su fuerza descomunal me tenía inmovilizado. Como si yo fuera un muñeco de trapo. No me hacía daño, pero menos dejaba de atosigarme, como si le acabaran de regalar un juguete para perros. Pero en lo que yo me daba cuenta de lo que verdaderamente estaba sucediendo, grité como un niño al que le quitan su paleta o su camión de bomberos. Hasta no faltó una lágrima que me saliera por ahí. La muy ingrata.

Entonces Alicia brincó encima de mí. Para protegerme. Con todo su cuerpo. No tengas miedo, mi amor, no te apaniques. Nadie te va a hacer daño, mi cielo. No tengas miedo. Yo te cuido.

Y desparramó sus manos y sus besos encima de mí.

Por un segundo, tuve sus tetas en mi boca. Ni siquiera lo pensé. Le bajé la camiseta, se las saqué y las empecé a besar. Eran grandes, boludas, blanquísimas. Enormes, redondas, calientitas. Me tapaban la nariz y me cubrían la boca. Las besé y las embarré de saliva. No voy a echármelas de nada ni a presumir, pero nunca había besado a una mujer, ni siquiera en la boca. Sentía que todo mi cuerpo se convulsionaba. Algo que nunca había sentido. El perro no dejaba de lamerme y yo de fajar a su ama. Mis manos se fueron directamente hasta sus nalgas. Y la penetré por el ano con mi dedo índice. Gritó como loquita, más, más, más, así, así, así. Y yo le dedeaba el trasero, hasta sentir que mi dedo se mojaba. Entonces se bajó, me sacó el pene y lo sorbió como si fuera un helado de limón. Más rico todavía. Muchisisisisisisímo más rico.

—Te voy a matar si no regresas mañana—, me amenazó cuando me dejó en la entrada. Ya ni siquiera saqué a Diego, pero puso en mi mano un billete de docientos.

Si mi papá hubiera estado ahí, quién sabe qué habría pensado.

## El mensaje de una macana

*Para Gabriel Rodríguez Liceaga*

El año de 1988 trabajé en publicidad. La agencia estaba en Horacio, u Homero, no recuerdo bien, y Periférico. A espaldas de Ejército Nacional. Llegué ahí de pura casualidad y salí por mi voluntad. Aquel trabajo tenía su lado creativo y su lado monstruoso. Creativo, porque en escribir eslogans e imaginar campañas publicitarias había algo de fascinante, y monstruoso porque eso y no otra cosa era, primero, el trato con los ejecutivos de la agencia, casi todos ellos con doctorado en pedantería, y, segundo, con los clientes, que sometían la labor de un copy —que es lo que yo era, un empleado dedicado a inventar ideas publicitarias y textos ídem— a criterios mediocres e insultantes. Los de la gente que paga, y que suponen que por esa circunstancia todos se deben arrodillar ante su presencia y aceptar sin discusión sus argumentos.

Pues bien. Cuando la hora de comer se avecinaba, solía yo caminar un buen trecho e irme a alguna fonda en la calle de Molière —no sé ahora, en aquel entonces todo allí era más barato; en algún lado tenían que comer los pobres—, y luego dormir una siesta a cuerpo tendido en el camellón de la avenida —sigo sin recordar si era Homero u Horacio.

Pero un buen día se me ocurrió ir al Pabellón Polanco, recién inaugurado, me parece. Todo mundo hablaba de él, en términos de deslumbramiento. Me llamó la atención y fui. De lejos se veía tan moderno, tan de ensueño, que no resistí el antojo de una hamburguesa doble. Me la comí, bebí mi refresco, y enseguida sentí que el sopor de una siesta me llamaba a gritos. Localicé una banca, me dirigí a ella y me dispuse a dormir. O mejor dicho, me dormí. Con ese desparpajo que da el saber que se está gozando de la vida. Cuando nada puede atravesarse y hacer trizas aquellos segundos de felicidad plena.

Literalmente recuerdo aquel sueño. Y lo recuerdo porque siempre traté —inútilmente, desde luego— de encontrarle algún vínculo con la realidad que en aquel entonces estaba yo viviendo. El sueño era muy simple, y si ahora lo cuento se debe a que quizás pueda ayudar a comprender lo que viene. O a confundir más las cosas. Como sea. Me soñé de niño. Tendría yo como cinco o seis años. Estaba en el patio de la que fue mi casa en Mixcoac. Una y otra vez me mecía en el columpio que mi padre había mandado instalar. Subía hasta el cielo y descendía hasta el infierno. Entonces veía aproximarse a mi madre con un rodillo en la diestra, y sin pensarlo dos veces me golpeaba en las costillas para que me detuviera.

Y me detuve.

Abrí los ojos, y era la macana de un policía de seguridad en mi costado. Aquí no se puede dormir, joven (tuvo la gozosa ocurrencia de llamarme *joven*). ¿Por qué?, pregunté yo. Es el reglamento, respondió con una voz siniestra.

Supe que tenía que marcharme. Y me marché.

La macana me había situado de golpe en el límite entre la modernidad y el pasado más recalcitrante. Yo representaba el pasado. Exactamente la otra cara del progreso. La cara opuesta. La mía.

Me puse de pie y emprendí el regreso a la agencia. Aún tenía tiempo de sobra de mi descanso. Podía recorrer los corredores y mirar las vitrinas. O simplemente sentarme en otra banca y observar a las mujeres hermosas. Pero no iba a hacer nada de eso. Lo que quería era largarme de allí. En el trayecto fui imaginando los rostros de mis hijos. A sus escasos años, los veía treparse en los juegos de una ciudad que yo mismo no conocía, y divertirse de lo lindo. Una ciudad imaginaria. Ciudad que jamás conocerían, porque de la noche a la mañana se me estaba yendo de las manos la posibilidad de un viaje.

Llegué a la agencia y me dirigí a la oficina de recursos humanos. Me senté ante el encargado de la dependencia, y yo fui el primero en sorprenderse de mis palabras:

—Señor, vengo a renunciar.

Apenas pronuncié estas palabras, el hombre me detuvo en seco. Que como era posible, que mi jefe se expresaba muy bien de mí, que no había ninguna queja de nadie, que si no contemplaba mi porvenir —el rostro de mis hijos me golpeó como un latigazo en plena cara—, que en dónde iba a conseguir mejor salario y mejor trato (porque en efecto estaba yo excelentemente pagado y me trataban como si en lugar de ser un empleado fuera yo un zar que se había detenido a cerrar un negocio en la agencia). Pero a todo respondía con un lo siento. No me iba a poner a explicarle que yo no estaba del lado de los triunfadores. Intuía lo que esa decisión significaba. Cerrarse las puertas del éxito. Y de las plazas comerciales.

## Dios estaba de su lado

*Para Daniela Miranda*

Se le quedó mirando a su cuadro. O, mejor dicho, a lo que el día de mañana sería su cuadro pero que ahora no era más que un bosquejo. Unos cuantos trazos, que muy en el fondo de su corazón sabía que jamás concluiría. Todas las mañanas se repetía aquella escena. Apenas abría los ojos, lo veía: un hombre al que unas ovejas devoraban; del hombre sólo se veían sus pies. La escena se contemplaba desde la orilla de una carretera.

Miró por última vez el cuadro y salió a la calle. Hurgó en los bolsillos buscando algunos pesos. Le urgía llevarse algo a la boca. Lo que fuera. Hizo la cuenta de cuánto tiempo llevaba sin probar alimento. Cuando menos dos días. Quizá un poco más. Su boca la sentía pegajosa. La lengua hinchada. La sed le calcinaba sus terminales nerviosas. Un trago. Un trago podría salvarle la vida.

Se miró en un joven que salía de una tienda. Se miró en él hacía veinte años. Pasado mañana cumpliría cuarenta. Pero alguna vez tuvo veinte. Era apuesto, simpático, divertido. Trabajaba en la dirección de arte de una agencia de publicidad. Su trabajo consistía en adivinar la mente del director creativo y bosquejar los espectaculares. Se había ganado el mote de *Leonardo*, por su facilidad innata para el dibujo. Para él no representaba ninguna dificultad trazar a la chica subiendo al último modelo, al hombre saliendo del banco, a la familia disfrutando de un día de campo.

Pero eso había sido ayer. Ahora no tenía trabajo ni tenía nada. Se hubiera quedado como estaba, pensó. En la agencia. Pero la creación lo había llamado de tiempo completo, y ahora era el hazmerreír. Había fracasado como pintor. Así se sentía, y así se sabía. Cuando recogió sus óleos en la galería, tuvo que pagar el favor. Había vendido un solo cuadro. No significó nada que hubieran aparecido comentarios elogiosos en periódicos y revistas especializadas. Así que con sus cuadros en la vieja pick up, fue hasta un lote baldío donde los arrojó. El sol y las lluvias darían cuenta de ellos.

—¡Joel! —oyó que alguien lo llamaba. Volvió la cabeza y descubrió a un amigo que alguna vez había sido su díler. Lo vio bajarse de su auto y el estómago le dio un vuelco. ¿Por qué no se había ido por la ruta opuesta?

—Te he buscado por cielo, mar y tierra. Nadie sabe nada de ti. ¿No tienes celular?

—¿Celular yo? Esa pendejada es de maricones...

—Teléfono sí.

—Ni teléfono, ni feis, ni página, ni nada de nada.

—Adivina a quién voy a ver ahorita.

—No sé, me muero de curiosidad.

—A Israel Camacho. ¿Lo ubicas? El hombre que te compró tu cuadro. El único que vendiste. Y como es un excelente bebedor de mezcal, mira lo que le llevo, esta botella súper fina, de regalo. Vamos a hacer negocios. Y quería que tú me acompañaras. Con suerte le vendemos otro cuadro. Has de tener un montón. Tanto tiempo encerrado. ¿Dónde está tu taller?

—Por ahí.

—Mira, hagamos una cosa. Uno, te regalo el mezcal, nomás por el gusto. Y dos, me apuntas tu dirección y en un par de días te visito. Tengo mucha curiosidad de ver tu trabajo nuevo.

Joel tomó la botella y apuntó un domicilio falso. Sintió un profundo alivio. Dios estaba de su lado, se dijo.

Dio la vuelta y reemprendió el camino a casa. Por si las dudas, un par de veces volvió la cabeza para comprobar que el díler no lo seguía. Pero no. No estaba más.

Llegó hasta la puerta del edificio y subió hasta su habitación. Vivía en un cuarto de servicio. A un lado de los lavaderos. Nadie se metía con él. Excepto el casero, porque se había retrasado con la renta. Tres meses.

Entró al cuarto y colocó la botella en la mesa. Primero una sonrisa y luego una carcajada brutal emanó desde lo más profundo de su ser. Allí estaba su pintura. A medio concluir. Un cuadro que sólo existía en su imaginación. Se aproximó. Lo descolgó, y cuando se dio media vuelta para ponerlo en el suelo a modo de tapete de bienvenida, rozó la botella y la tiró. ¡No!, gritó, hizo el intento de detenerla pero no lo logró. La botella cayó y se hizo añicos. Vio con pánico cómo el mezcal se desparramaba. Se arrodilló y pasó la lengua por el suelo. Un poco, con unas cuantas gotas se conformaba. Lo suficiente para calmar la sed.

## Así aceleraría su muerte

Hizo oración para que no le doliera el piquete. Cada vez era lo mismo. Pese a tratarse de un simple pinchazo en la yema del índice, para él significaba como la amputación de un dedo al rojo vivo —tal como había visto que hacían los japoneses cuando habían cometido una traición. ¿Cómo se llamaba aquella película? Imposible acordarse.

Extendió pues el dedo y esperó que su mujer pusiera la lanceta en el glucómetro, que oprimiera contra la piel y accionara el disparador.

Hasta antes de conocerlo —mejor dicho de que estuvieran enamorados—, ella ignoraba absolutamente cómo se tomaba la lectura de la glucosa en la sangre. Si había aprendido fue porque se había propuesto cuidarlo, estar cerca de él, vigilar su rutina, revisar los ingredientes de los alimentos que se llevaba a la boca.

Él, a su vez, se esmeraba en darle gusto. Caricaturista de prestigio, trabajaba para varios medios, además de ser maestro. Sus colaboraciones, de tres a cuatro a la semana, aparecían puntualmente. Pero ahora, para darle gusto a ella —pintora acuciosa y crítica de arte—, se esmeraba en imprimirle un mejor acabado a su trabajo. Se había propuesto ser el mejor caricaturista de todos los que trabajaban como comentaristas de noticias. Se lo pasaba perfeccionando su técnica —incluso se había inscrito a unas clases de dibujo en la colonia Roma.

Nada había que odiara más que estar enfermo de diabetes —o hiperglucemia, como le decían él y su mujer, para evitar aquella otra palabra cargada de vibraciones negativas.

Y no había nada que odiara tanto porque sentía que el destino le había tomado el pelo. Sobreviviente de dos matrimonios fracasados, le llevaba 25 años a su actual compañera. Y justo ahora que sabía valorar lo mejor de la vida, lo había atacado esa estúpida enfermedad —en efecto, se le había originado a partir de un coraje; cosa que nunca se perdonaría pues de haberlo sabido habría podido controlarse.

Pero el punto era que su compañera, de 35 años, era especialmente hermosa —o cuando menos él la veía así—, con ganas de reventarse y vivir cada día como si fuera el último. Se había enamorado de él cuando se inscribió a su clase, y de ahí había brotado primero la admiración y luego el amor. Pues con todo y la hiperglucemia, él era afecto —más que afecto— al alcohol en la misma medida que lo era a la crianza de gallinas. Increíble, pero cuando ella entró por vez primera a su casa, siguió los pasos de él hasta el patio y vio un gallinero con cinco gallinas y un gallo, terminó de enamorarse. Desde niño vivo con gallinas. Donde voy llevo mi gallinero, las gallinas se adaptan a todo. Los gallos no.

Cuando la miraba desnudarse antes de conciliar el sueño, cuando la miraba ajustarse aquel calzón negro diminuto, cuando la miraba salir del baño cubierta apenas por una toalla entreabierta, entonces el deseo lo acometía. Le hacía el amor y se iba corriendo a prepararse un whisky, su bebida predilecta, o descorchaba un tinto. Y bebía una copa tras otra. Pronto moriré, entre más pronto sobrevenga mi muerte, mejor. Para qué vivir, si llegará el momento en que no la pueda hacer mía. En que no se me pare más. Maldita enfermedad. Maldita sea.

—No te estés moviendo, que te voy a lastimar —escuchó la voz admonitoria de su mujer, esa voz que se imaginaba diciéndole dulces palabras a otro hombre. ¿Por qué se atormentaba de esa manera? No tenía ninguna evidencia. Carecía de la menor prueba, aunque veía en la mirada de sus amigos cierto interés que había terminado por desquiciarlo. Su único referente pertenecía al pasado, pues tanto en su primera como en su segunda relación matrimonial su pareja le había sido infiel. Pero ahora no era así. Ahora debería sentirse feliz y profundamente satisfecho. Se propuso hacer un esfuerzo y extraer esos pensamientos de su cabeza. Cuando menos para que la glucosa no le subiera más de la cuenta.

Cómo se le antojaba un trago. Precisamente en ese momento —qué poco le importaba que el alcohol se transformara en azúcar en su organismo, como muchos le habían asegurado. Mejor, así aceleraría su muerte.

—No me estoy moviendo...

Pero entonces, obedeciendo un impulso cuya procedencia desconocía, quitó su mano, le agarró la muñeca y la jaló violentamente. La aproximó y besó su boca con furia.

—¿Qué te pasa...? ¿Te volviste loco...?

Pero no la dejó seguir. La jaló aún más, y sus manos la empezaron a acariciar como si fuera la primera mujer que tenía a su alcance. La garganta le reclamó su trago.

## El ángel guardián

—Aquí una vez se sentó un tipo: yo —le digo a la chica al mismo tiempo que señalo el sitio en la banqueta donde alguna vez me quedé dormido.
—¿Usted cree en el presidente? —prosigue ella con la siguiente pregunta. Viste una diminuta falda tableada color verde, un chaleco guinda y una blusa blanca, casi tan blanca como ella.
—En el brandy sí, aunque no te lo recomiendo.
—Estoy preguntándole en serio, señor.
—Y yo te estoy respondiendo en serio. Creo que nunca le había respondido a nadie tan en serio. ¿Y sabes por qué? Porque a excepción de don Agustín, el dueño de este lugar, nadie me dirige la palabra, y menos para preguntarme nada. Pero sigue.

Ladro, y los perros de la casa de enfrente se asoman por el filo de la azotea. Siempre pasa lo mismo. Llevo años curándome la cruda en La Perla, un discreto barecito de la colonia Carrasco. Para más señas, atrás de la Ollín Yoliztli. Me tomo un par de tragos y luego me gusta salir a respirar aire contaminado. Entonces le ladro a los perros. Es lindo. Soy buenísimo para imitar ladridos y relinchos. Alguna vez sustituí los ladridos de un pastor alemán en una función de títeres. Los niños estaban felices. Cuando mi hijo cumplió tres años. No volví a tener otro hijo. Mi mujer se separó de mí cuando el niño se murió. De leucemia. Yo quería ir con una doctora homeópata, pero mi mujer no quiso. Tengo la estúpida sensación de que los doctores alópatas forman parte de una maquinaria criminal. Aunque ni ellos mismos se den cuenta. Porque los laboratorios son dueños de nuestro pensamiento. Nos manipulan a su antojo. Son cabrones. Prolongan las enfermedades y nos atemorizan. Mi hijo se murió y mi mujer y yo ya no pudimos hacer una vida en común. Todo empezó en una discusión que se agigantó. Y desde ese momento no hay mujer que se me acerque. Me eché una maldición encima. Mi ex y yo nos mandamos mutuamente al diablo echándonos la culpa de la muerte de Benjamín.

Así se llamaba, como yo. Pero la boca se me llena cuando alguien me pregunta cómo me llamo y le digo Benjamín. Benjamín, repito, como si esa persona no me hubiera oído.

El dueño del bar me conoce. Es un hombre respetuoso y amable. Se llama Noé, don Noé, para los amigos, y siempre tiene una palabra de aliento para el derrotado, como lo soy yo. Solemos conversar de muchas cosas. Sin platicar. Es una conversación que transcurre en jirones. A él le gusta el whisky. Lo disfruta. Digo que todas las mañanas paso a echarme un par de tragos. Sin fallar un solo día. Y cuando salgo, respiro una bocanada de aire puerco. Sabe rico, a botana. Dejo que se llenen mis pulmones y ya tengo fuerzas para proseguir la jornada. Que no es muy larga. Me dedico a la venta de autos usados. Esto suena muy fastuoso, pero no hay tal. Tengo un solo automóvil que vender: el mío. Un Caribe 86. Está viejo y más o menos desmantelado, pero se defiende. Lo principal es que me lleva a todos lados. Siempre traigo una anforita de Oso Negro para sobornar a los patrulleros cuando me detienen, que es seguido. Siempre la aceptan, y cómo no. Me ven amolado con ese auto. Que me dejen ir es para mí un acto de conmiseración.

—¿Qué partido político tiene más presencia en la ciudad de México?

—Esa pregunta sólo te la puedo responder con un vodka de por medio. En la mesa, entre tú y yo. Como un ángel de la guarda que nos cuidara, como nuestro ángel guardián. ¿Te gusta la idea? A ver, ven, te invito un trago.

—No puedo...

—Ordénale a esa boquita cachonda que diga que sí...

—No me obedece...

—¿Ya ves?, eso es un sí. Ven, vamos al bar. Nos echamos un traguito y te respondo lo que quieras...

La tomo de la mano y no hace el menor esfuerzo por soltarse. Soy malo para calcular edades, pero cuando menos le llevo treinta años. Veinte de este lado y cincuenta del otro, se ve bien. Es una combinación prodigiosa, aún más que el invento de la rueda.

—Siempre no —dice, se suelta de mi mano y se dirige hacia la salida.

—¡Espera! —le grito. Pero no se detiene. Se encamina con paso firme hacia la fuente de luz que proviene desde la calle.

—Se le fue la palomita —acota de pronto don Noé.

—Pues sí, pero atrás de ella vendrá otra. Y otra. Y otra. Sírvame otro vodka, por favor. Que las penas con pan son menos.

## Un alma delicada

Cada vez que se arrodillaba para recibir la comunión, el mundo se le venía encima. Sabía perfectamente que estaba cometiendo un pecado. En primer lugar, porque lo hacía sin confesión de por medio —¿por qué le iba a abrir su corazón a un extraño?, ¿cómo era posible que se exigiera semejante barbarie?—; en segundo, porque estaba consciente de que rescindiría.

Pero ahora la situación era aún más complicada. Porque encima le había brotado un hongo de nombre cándida, o candidiasis como había leído en Internet que se le decía entre los entendidos. Seguramente se había debido a que se tocaba en exceso y sin la limpieza obligada. Porque le encantaba tocarse. Cuantas veces se podía masturbar, lo hacía.

Desde niña, había recibido la educación más severa en cuanto a los preceptos de conducta sexual. Esto era normal en una ciudad como Guadalajara, donde a los varones se les permitía descubrir por sí mismos la sexualidad; mientras que a las mujeres se les guiaba por caminos llenos de miedos, prejuicios y amenazas. Así, todos los temores que podía abrigar una mujer se los había inoculado su madre en forma intravenosa. Huérfana de padre, desde sus tiempos más lejanos se veía a sí misma como una niña frágil, que podía ser pasto de apetitos *inconfesables* —palabra favorita de su progenitora. Y que precisamente tenía que ver con eso, con pensar, hacer, o de plano decir en voz alta cosas sucias y, a sus ojos más tiernos, terribles. Pero decirlas a quién, lo ignoraba; ni siquiera a sí misma.

Tenía instinto pero carecía de información. Si se confesaba, habría de ser franca y abierta. Sin miramientos. O si no mejor seguir de largo. Finalmente, su problema era con Dios. Porque, ¿cómo decirle a un hombre de carne y hueso que todas las noches se tocaba su parte, se acariciaba los muslos, se restregaba las nalgas, sudaba, gemía y se agitaba como la perra del vecino de enfrente? ¿Y cómo iba a decirle que Dios la había castigado, y que le había enviado un hongo con un nombre horrible para que se estuviera en paz? Pues ese hongo no le venía a todas las mujeres, sino nada más a las pecadoras. Un axioma que no era muy difícil de colegir. Una mujer pecadora como ella. Haber vivido 13 años para constatar esa verdad no era de lo más amable, se dijo mientras salía de su casa rumbo a la iglesia, como todos los domingos. ¿Por qué no mejor se confesaba con su madre y le decía todo eso que la estaba acosando? Imposible. Ya su madre parecía haberlo intuido, y la había animado a que lo hiciera. Pero bastó con que le empezara a decir ciertas cosas, a insinuarle que le gustaba imaginarse cómo un hombre se desnudaba, para que la progenitora la abofeteara. Eres una pecadora, y no mereces el perdón de Dios en su infinita sabiduría. Tampoco con sus amigas —las escasas amigas de la secundaria— tenía la menor comunicación. La rechazaron a partir de aquella vez en que les dijo abiertamente que para ella los domingos eran días sagrados y que no podía acompañarlas a ningún paseo; ni Hilda, quien era la mojigata del grupo, la había aceptado como amiga, menos como confidente.

Se postró, pues, ante el sacerdote y Sebastián vino a su mente. Ni siquiera le dirigía la palabra, pero cómo lo deseaba. No había vez que no soñara con hincarse delante de él, sacarle el miembro y besárselo. Sebastián era el chico tierno del salón. Alejado de los chismes y de las niñas, del deporte y de los laboratorios, su vida, para el resto del grupo, era gris al cien por ciento. Menos para ella, que se descubría mirándolo a hurtadillas. Continuamente. Febrilmente.

Intentó alejar esos pensamientos de su cabeza.

Su alma no se estaba en paz. No se atrevía a mirar el crucifijo —que siempre había ejercido en ella una suerte de fascinación— porque sabía que era una falta de respeto. Una falta absoluta y atroz. No se atrevía a mirarlo sin que un fuerte gemido le desdibujara el rostro. Ni menos mirar a la Virgen María. Que no había pecado. Ella no. Jamás. Allí la única pecadora era ella.

Así que se arrodilló y cerró los ojos. Allí estaba. Con su adolescencia en pie de guerra. Dispuesta a sentir el golpe del deseo, pero más que eso, de arrostrar esa palada de tierra que se cernía sobre ella. Ni ese hombre que había perdonado los pecados de toda la humanidad, podría perdonarla a ella. Sintió que desde el fondo de la tierra subía una bocanada de fuego.

El sacerdote mismo se inclinó, la levantó del suelo y la colocó en la primera banca que se desocupó. A gritos pidió auxilio.

## Semejante a un trueno

Con las manos en los bolsillos, Francisco se dirigió hacia ningún lado. Simplemente el médico le había ordenado que necesitaba hacer ejercicio para activar su cuerpo, y recuperar la energía de la que se había jactado alguna vez.

A él le importaba un bledo su condición física. Pero caminar le atraía. Le gustaba observar. A todo le encontraba un chiste.

En un periodo no muy lejano de su vida había sido taxista, y ahí sí ni por asomo se había acordado de gimnasia alguna. La verdad es que todo lo relativo a la salud parecía hecho para la gente adinerada porque, se decía, quienes tenían que ganarse la vida como trabajadores no tenían alternativa. ¿Quién se iba a preocupar por el colesterol o los triglicéridos?

Más importante que la salud, era llevar dinero a casa. Padre de cuatro hijos, con su vulcanizadora le alcanzaba para sufragar los gastos. Toda la responsabilidad del negocio la descargaba en Martín, por quien sentía un cariño paternal. Más allá de toda prueba. Lo había recogido de la calle, en una de sus incursiones por equis colonia de los suburbios. El chico —en esa época chico, habían pasado casi veinte años— le había hecho la parada para asaltarlo; pero algo se cruzó en el destino de ambos. Francisco le habló como un padre, se lo llevó consigo y lo enderezó.

Por cada uno de sus hijos sentía un amor particular. No los quería de la misma manera. De los tres hombres y una mujer, se quedaba con la niña. Quizás porque era un pan, y más que eso, un pan dulce, quizás porque se sentía con ánimo de protegerla, por lo que fuera pero la diferencia que establecía con los varones era evidente. Bien podría decirse que por ser niños, los dejaba que se hicieran solos. Amante de repartir su cariño en partes iguales, su esposa habría estado en desacuerdo; pero qué se le iba a hacer, la mujer estaba muerta y su opinión ya era menos que nada.

En esas estaba cuando reparó en que no había pasado a recoger una llave de cruz que le había encargado el vecino del cinco. Así que lo mejor sería regresarse, desandar el camino, ponerse su overol e irse al taller. Que no quedaba lejos de su casa.

Eso siempre le había preocupado. Por cualquier cosa que se ofreciera, le convenía la cercanía. Hasta para ir por los niños a la escuela, y evitarle una caminata de más a su mujer. Cuando vivía. Emprendedora por convicción, su esposa siempre había tenido adeptos. Eso a él le maravillaba. Una esposa así le daba prestigio entre sus amigos, y pocas cosas dejaban tantas satisfacciones. ¿Por qué se acordaba de todo eso ahora? No había una razón precisa, sólo pasaba y ya. Pero tanto evocar a su mujer lo hacía sentirse cursi. Las cosas son lo que son, se dijo, y ella ya no es ni banquete de gusanos. Cuando profirió esta frase se persignó.

Entonces detuvo su mirada en Martín. Lo vio a lo lejos. ¿Qué hacía ahí, a unas cuadras de su departamento?, se preguntó. Estaba con un hombre, y era obvio que se encontraban negociando. ¿Qué cosa?, quién sabe. Se aproximó y el nerviosismo de su ayudante fue evidente. ¿Pasa algo?, preguntó. No, nada, respondió Martín. Váyase de aquí, por favor, yo luego le explico. ¿Por qué me voy a ir?, ¿qué diablos está pasando? ¿Y quién es usted?, se dirigió al hombre.

El hombre se había mantenido impertérrito. Sin mover un párpado, en sus ojos brillaba un sentimiento indescifrable. Parecían no tener fondo. Eran como los ojos de una rata al momento de ser acosada, que se prepara para morder como primera medida de ataque y última de salvación. Su cuerpo reflejaba tensión pero no nerviosismo. Como si cada parte suya estuviera sometida a una prueba de vida o muerte. No había abierto la boca, como si para él el mundo estuviera resuelto.

Dio un paso hacia atrás. Su instinto le aconsejó guardar distancia de ese hombre. Vino a su mente el día que Martín había dado el enganche de un departamento. ¿De dónde había sacado el dinero? ¿De sus ahorros, como había dicho? ¿Cómo había sido posible que se tragara esa niñería? Vinieron más cosas a su memoria. La novia de Martín, que de pronto se presentaba al final de la jornada y se lo llevaba consigo. Una mujer que nunca se había bajado del auto, y que Martín se había propuesto no presentarle a nadie. Se le quedó viendo a Martín exigiendo una explicación. Pero lo que vio fueron dos lágrimas. Dos lágrimas en los ojos de ese niño que se había vuelto hombre. ¿Y que ahora se arrepentía de algo?, eso le pareció.

Escuchó un fuerte sonido proveniente de la mano del hombre. Semejante a un trueno. Y enseguida un impacto en el costado que lo precipitó al suelo.

## El contingente

Desde la mesa en la que estaba miró al contingente dirigirse hacia él. ¿Por qué hacia él? No sé explicaba la razón. ¿Pero estaba seguro de que iban hacia él? Sí, parecía no haber la menor duda. Él no tenía nada que ver con esas personas. Doce, quizás. Enemigo de cualquier acto multitudinario, sin embargo parecían haberlo identificado. Por su paso firme. Por la mirada. No parpadeaban. Él era su objetivo.

Algo tenía que atraía a la gente. Podrían ser muchas cosas: su actitud, antes que otra cosa. Porque reflejaba una especie de serenidad bajo la cual daban ganas de protegerse. Todo el mundo vivía bajo el vértigo de una prisa constante. Interminable. Quién más, quién menos, personas contadas con los dedos de una mano se detenían unos minutos a disfrutar una sombra, un ángulo del paisaje, una estela de luz. Pero eso había quedado en la prehistoria. Por eso, cuando lo miraban a él, se topaban de golpe con un rostro bienaventurado.

Pero él no era así. No había salido de un cuento de hadas. La gente lo veía como un ángel protector pero él se consideraba hostil. Había que buscar su rostro en el inventario de la desolación, no del aplauso. Pues algo tenía de duro, que tampoco era posible mirarlo sin parpadear.

Vio al contingente venir hacia él, y hubiera preferido no estar ahí. Se dijo.

¿Qué querían de él? Se hizo la idea de cuántos eran. Cuando menos una docena. Eran muchos hombres —ni una mujer, por cierto— para que conservara la ecuanimidad. Él. Ni siquiera sabía meter las manos. Si la idea era amedrentarlo, o de plano golpearlo, tenían todo a su favor. ¿Cómo era posible defenderse de un grupo de doce hombres? ¿Pero de veras lo atacarían? La verdad era que no había la menor posibilidad de que lo hicieran. Y a plena luz del día. ¿Qué tendrían contra él? ¿Qué había hecho mal? ¿A quién había atacado sin tener plena conciencia de lo que hacía? Repasó rápidamente en su cabeza lo que había hecho los últimos días. Podría haber una pista:

*Lunes 2 de octubre*: Nada excepcional. Nada que llamara la atención de nadie. Nada que significara la intromisión en la vida de una tercera persona.

*Martes 3 de octubre*: No había salido de su casa; aunque ahora que lo recordaba bien, había recibido una llamada más o menos inquietante. Apenas hubo descolgado, alguien le rogó —le rogó, no le ordenó— que dejara en paz a Maribel. Pero él no conocía a ninguna Maribel.

*Miércoles 4 de octubre*: Un día como cualquier otro. Había ido a dar su clase de yoga. Ejercicios, concentración, relajamiento y paz interior. Casi nada —se decía al concluir su clase. Invariablemente.

*Jueves 5 de octubre*: Se había desplazado al centro de la ciudad. Un tipo —al que no conocía personalmente; lo había conocido vía Internet— le había prometido un libro tras el cual andaba desde hacía un par de años. El tipo no había acudido a la cita. Y no había vuelto a cruzar correo con él.

*Viernes 6 de octubre*: Día de trago. Contraviniendo los principios —o cuando menos algunos de ellos— que pregonaba en el yoga, se había emborrachado. Y peor todavía, a solas. Sin festejar nada. Ningún motivo de alegría. Absolutamente solo, había bebido hasta embrutecerse. En su casa.

*Sábado 7 de octubre*: Se había levantado tarde, con una cruda mortal. Sin el menor ánimo de salir a la calle, pidió una pizza a domicilio. Se la llevaron de otro sabor, y no se dio cuenta hasta abrir la caja. No reclamó nada.

*Domingo 8 de octubre*: Había decidido beber café y leer un buen libro en esa cafetería que permitía el consumo en la calle, y que ahora se veía tan desprotegida. Sobre todo a la vista de esas 12 personas que se aproximaban cada vez más —¿no serían menos, o más?, no se atrevió a recontar.

Dejó la taza. Recargó la barbilla en sus manos y miró atentamente al grupo. Intentó buscar algún rostro que le resultara familiar. Cero. Eran puros desconocidos. Aunque en algunos de ellos —así le pareció— vio más furia que en otros; pero eso sí, ninguno era amable, ni siquiera disimuladamente amable.

Buscó en su interior y no encontró ninguna respuesta que le devolviera el yoga.

Colocó el salero en la servilleta y se puso de pie. Lo agarró como si fuera un arma. Él se adelantaría al primero que lo agrediera. De un solo golpe, le incrustaría el salero en la cara y trataría de hacerlo con otro. Y con otro. Quizás se llevaría a un par antes de que lo hicieran con él. Había visto una película en la que un hombre —un hombre como cualquier otro, no un súper héroe ni nada por el estilo, eso le había llamado poderosamente la atención— se defendía del ataque de un grupo numeroso y los vencía a todos.

**El contingente siguió de largo.**

—Y eso, ¿cómo se resuelve?
—No tiene solución.

Juan Nepomuceno Sepúlveda tomó el cuchillo y lo metió bajo la manga de su camisa. Nadie se dio cuenta, ni los meseros ni los demás comensales. El capi —quien sin duda era el más observador— se hallaba hasta el otro extremo del restaurante. Por fortuna.

Ninguno de sus amigos, ninguno de sus familiares —ni menos su padre—, lo habría creído capaz de nada extraordinario. Para todos navegaba con la bandera de la mediocridad, y muy en alto. Porque era un mediocre. Aunque dependía de qué ángulo se veía esto, porque para muchos había nacido con buena estrella. Su progenitor, hombre de fortuna inagotable, había creado para él un fideicomiso que le había de proporcionar jugosas mensualidades sin menguar el capital hasta el resto de sus días. De tal modo que él, Juan Nepomuceno Sepúlveda, jamás había hecho esfuerzo alguno. Simplemente estiraba la mano y las cosas estaban ahí. Casa, auto, viajes, todo parecía fluir en perfecta armonía.

Pero empezaba a desesperarse. Porque la otra cara era la del aburrimiento. De vez en cuando se acostaba con alguna mujer, eso era cierto; de vez en cuando se tomaba alguna copa con sus conocidos, nadie podría negarlo. Pero desconocía por completo el sentimiento del amor, y menos el de la amistad.

Para él no existía nada que lo sacara del letargo cotidiano. No había terminado su carrera —ingeniero metalúrgico—, no tenía un hobby, ni el Internet lo atraía.

Así que al cumplir los 33 años había decidido hacer algo que justificara su existencia. Algo verdaderamente disparatado, que su padre dijera cuándo hubiera pensado que mi hijo habría sido capaz de algo así. Como arrojarse de un edificio o secuestrar un avión. Eso, secuestrar un avión.

Viajaba tanto, que el aeropuerto de la ciudad de México le resultaba tan familiar como su propia casa. En particular la terminal número 2. Era su favorita. Porque había menos pasajeros yendo y viniendo, porque la gente no se arremolinaba en los corredores, pero muy especialmente porque había descubierto un error en la cadena de seguridad. Era tan simple y tan bobo.

Una vez que se franqueaba el punto de inspección —maletas de mano bajo el lector de rayos equis, detector de metales a cada persona de arriba abajo—, el pasajero se ubicaba delante de una plancha gigantesca de asientos y comercios. Hacia los lados las salas de abordaje, cuando menos 80 —esta vez le había tocado la número 75—, y en medio y a la vista unos cuantos restaurantes y bares. Pues bien. Cantidad de pasajeros se echaban un trago, comían o se tomaban un café, y de ahí al avión. Ya nadie intervenía. Nadie se molestaba en volverlos a revisar, ni atravesaban detector de metales alguno.

Directo al avión.

Ordenó su sirloin a la inglesa —le maravillaba que le escurrieran hilitos de sangre— con sus respectivos chiles toreados. Era un restaurante de lujo, y se hacían cargo de todos los detalles (impensable comer un buen trozo sin un tinto de primera y sin una sierra para facilitar su corte). Tenía tiempo de sobra y pidió vino por copeo. Cuando menos exigiría dos cosechas.

Pensó en un libro que estaba leyendo —*Microsistemas*, no recordó el nombre del autor—, y se percató de que tal vez sería el último de los libros que leería en esas condiciones de libertad. ¿De veras tendría arrestos para llevar a cabo esa decisión que había tomado por mera inercia?, ¿tendría los huevos?, se preguntó.

Como sea, dejó que el tiempo siguiera su marcha y pidió su cuenta. La pagó en efectivo. Con billetes grandes. Toma el veinte por ciento, le indicó al mesero —quien esbozó una enorme sonrisa. Muchísimas gracias, se limitó a mostrar su más estudiada hipocresía. Regreso en un mar de minutitos, mi señor.

Aún restaba un trozo de carne significativo.

Miró el cuchillo. ¿Lo tomaba o no? Vinieron a su cabeza imágenes que creía desaparecidas: su madre peinándolo para ir a la escuela, su madre revisándole la tarea. ¿Qué se había hecho ella? ¿Por qué su padre se negaba a hablar de eso? ¿Hace cuántos años se había ido?, ¿para siempre…? Pero más imágenes habían acudido en tropel. Como aquella vez del paseo a Tlaxcala con sus padres, que jamás olvidaría. O la vez que los dejaron plantados y que habían comido tortas en una cena de Navidad.

¿Lo tomaba o no?

Lo miró. Sin mirarlo, lo miraba. Lo tomó con la mayor naturalidad y lo colocó bajo la manga de su camisa.

Listo.

¿Qué haría el mesero cuando recogiera el servicio, si es que le correspondía a él hacerlo, y notara que faltaba la sierra?

Metió la mano en el bolsillo para que el arma no se saliera y emprendió el camino hacia la sala 75. Un pequeño camión de pasajeros lo llevaría directamente al avión y de ahí a su asiento marcado con la letra C de la fila 12.

## Viniera de quien viniera

*Para Laurie Ann*

El papá se sobó la mano apenas suspendió la golpiza. Le había pegado donde cayeran los golpes hasta que su propio dolor lo detuvo. Era un hombre fuerte, pero habría querido tener más condición. Nunca había conseguido provocar el llanto en su hijo. Que si hubiera llorado le habría ido peor, porque a los doce años un hombre debía tragarse sus lágrimas. En algún momento de la vida un hombre debía empezar a mostrar dureza, dominio. Esos eran los argumentos que desplegaba delante de su hijo enseguida de las palizas. Se lo demostraba con lágrimas en los ojos. Le hablaba de cuán violento había sido su padre, y que sólo de esa manera él había aprendido a resistir los golpes de la vida. Que eran muchos, y que cada vez se hacía más difícil hacerles frente.

Esta vez el pretexto había sido lo de menos. Lo había descubierto llevándose a la boca una cucharada de azúcar. Y no es que eso estuviera estrictamente prohibido, porque a Esteban, que era su hijo más pequeño, le permitía hacer lo que le viniera en gana. Pero las reglas para el hijo mayor, Federico, eran muy claras. Ya le tocará a tu hermano, replicaba cuando la madre o quien fuera le advertía el alcance de sus actos.

Naturalmente, su esposa no se encontraba en ese momento. Había ido a entregar el último de tres tambos de ropa ajena que había lavado desde el día anterior. A él le parecía que había transcurrido demasiado tiempo, pero alguna circunstancia pudo haberse atravesado: que la señora de la casa no se encontrara, que su mujer se hubiera topado con una amiga, que después de la entrega hubiera decidido ir a la plaza. Ya ajustaría cuentas con ella cuando regresara... Y mejor que su esposa no estuvo porque de haber sido así se habría armado una trifulca incontrolable: padre pegándole al hijo, madre defendiéndolo a gritos y golpes, padre soltándole un golpe a la madre. En fin, los vecinos y cuanta gente metiche hubiera, habría ido a meter sus narices.

Antes de que su padre recuperara la energía, Federico salió corriendo de la casa. Corrió y corrió hasta que el cansancio lo venció. Pero no era un cansancio que se limitara al agotamiento físico, sino sobre todo al espiritual. A él que le importaba el dominio, la dureza. A él que le importaba el ejemplo, viniera de quien viniera. Que por otra parte, el consuelo que su madre le prodigaba cada vez era más pleno y dulce. Porque era a escondidas de su padre. Enemigo de que la madre se excediera en sus caricias, había determinado diez minutos como tiempo máximo para que la madre pudiese externar su conmiseración. No se cansaba de repetirlo: si los hijos fuesen educados en su casa como en el ejército, los hombres serían mejores, útiles, serviciales. Y no esa bola de buenos para nada que cada vez se abultaba más.

Pero a la vez se felicitaba de que su padre le pegara a él y no a su madre. Porque ya lo había visto hacerlo, había perdido la cuenta desde cuándo. Pero la escena lo despertaba por las noches. Simplemente estaba dormido en la parte alta de la litera, cuando escuchó que la casa se venía abajo. Salió corriendo del cuarto que hacía las veces de recámara, y se quedó mudo. Allí estaba su padre, pegándole a su madre. Gritándole palabras que él jamás había escuchado, bajo una lluvia de saliva que se manifestaba bajo la luz ámbar de la lámpara. La sangre cubría el rostro de su progenitora. Hasta volverla irreconocible. Tuvo el impulso de atacar a su padre, de brincarle a la espalda y arrancarle el cuello a mordidas. Pero se contuvo hasta sangrarse los labios. De un lado, su padre era su padre y a él le habían inculcado que el hijo que le levantaba la mano a su padre, Dios lo castigaba sin cuartel. Y del otro —lo reconoció con lágrimas abundantes y terribles en los ojos—, le tenía miedo. Su padre era inmensamente fuerte. Horrible. Espantoso.

Ahora se encontraba fuera de su casa. Nadie lo detenía para que huyera. Para que se marchara para siempre de ahí y se perdiera sin posibilidad de que nadie diera con él. En algún lado podría hacer su vida. Luis, el más grande de la escuela, había desaparecido de un día para otro. Todo mundo se había sentido desconcertado, pero al paso del tiempo con no pronunciar su nombre todo mundo, ese mundo, había quedado tranquilo. Y él se preguntaba por qué Luis había tomado esa decisión si en casa sus padres lo querían. Quién sabe, y no lo sabría jamás. Excepto si lo buscaba y se lo preguntaba. Para esto tendría que darle varias vueltas al mundo, a otro mundo, pero qué importaba.

Acaso en ese viaje dejaría de tenerle miedo a su padre y regresaba por su progenitora. Y de paso por Esteban, a quien tarde o temprano su padre tundiría. Dio un primer paso, y estaba a punto de dar el segundo. Pero no se decidió. La palabra *cobarde* vino a sus labios. Además de desprotegerla, le causaría una aflicción a su madre que sería aumentar su dolor.

Lo cual no se lo perdonaría.

## El último de los evangelistas

*Para Coral Rendón*

Siempre me llamó la atención el trabajo de mi tío Ernesto —quien, por cierto, también era mi padrino: de bautizo, de confirmación y de primera comunión. A la vuelta de los años lo evoco con un sentimiento extraño, como de melancolía. No sabría decirlo exactamente.

Hermano de mi madre, había vivido con nosotros desde siempre, en una pequeña habitación independiente que se encontraba al fondo de la casa. A veces pasaba a saludarnos, a veces entraba directamente hasta sus habitaciones.

Mi tío Ernesto era evangelista, de esos señores que se dedican a escribir las cartas y documentos de las personas analfabetas. O bien a leerles las cartas. Sin quitar ni añadir una sola coma, solía decir mi tío.

Tenía muchos años dedicándose a eso. Más que muchos años, toda su vida. En el centro de la ciudad, en lo que se conoce como plaza de Santo Domingo. Jamás lo había visto hacer otra cosa. Alguna vez comentó que invertiría sus ahorros en un negocio, algo así como una librería, pero nunca concretó su proyecto.

Quizás eso lo hubiera salvado.

En los últimos cinco años antes de que se suicidara —¿un poco menos?, tres o cuatro— su vida cambió. Y muchísimo. Cada vez fue pasando menos a la casa. Hubo un mes en que no entró ni una sola vez a saludarnos. Escuché a mis papás mencionar una palabra prohibida para mí, un adolescente de trece años: alcoholismo. Sonaba fuerte. Y mis padres jamás hacían referencia a nada que pudiera hacer pensar en embriaguez. Pero aquella ocasión el terminajo taladró mis oídos. Hablaban del tío Ernesto. Yo estaba en el baño, pero preferí quedarme hasta que se agotó la conversación. Se ha vuelto un borrachín, dijo mi madre, entra tambaleándose, si sigue así le pediré que se vaya. Es un mal ejemplo para mi hijo. A lo que respondió mi padre: ¿Qué lo habrá obligado a actuar así? Él, que siempre fue tan decente, tan recto. Nos pone en un brete. Va a ser horrible correrlo, pero tal vez no haya otro remedio. Creo que lo mejor será que hables con él, que lo hagas entender. Primero hay que observarlo. ¿Te acuerdas que yo me opuse cuando decidiste invitarlo a compartir nuestra casa? Será muy tu hermano, pero eso no lo hace perfecto.

Esa conversación significó para mí una aventura.

Mis padres me habían prohibido todo, desde jugar nintendo hasta salir a la calle con mis amigos. Así que espiar a mi tío Ernesto representó para mí la oportunidad de convertirme en detective. Un día que mi madre se fue a Cuernavaca, lo primero que hice fue ir por el cerrajero para que me abriera la puerta de su habitación y me hiciera un duplicado de su llave. Lo pagaría con mis ahorros. Necesitaba revisar cajón por cajón, meter mis narices en toda su intimidad. Seguramente daría con alguna pista de eso que llamaban *alcoholismo*. Aparte de espiarlo cuando entrara y cuando saliera. Las vacaciones estaban próximas, así que tendría tiempo de sobra.

Nunca creí que el cerrajero fuera a cobrarme tanto, pero valió la pena. Cuando entré —desde luego mi tío Ernesto no estaba, y sin embargo caminé de puntillas, como si fuera a despertar a alguien, o alguien me fuera a descubrir—, digo que cuando entré se reveló ante mí una especie de paraíso. Me percaté de que nunca había visitado aquella habitación, o, si lo había hecho, tenía más tiempo del que pudiera recordar. No era más que una recámara común y corriente con su baño y unos cuantos muebles. Nada más que una cómoda con su espejo, un librero, un buró y un escritorio insignificante. Más un ropero, y ya. Sólo eso. Pero yo iba con el ánimo de encontrar cualquier cosa, lo que fuera. Inspeccioné en los escasos cajones, en el ropero, en el buró, pero no encontré nada. Y cuando digo nada es nada. Ni yo mismo sabía lo que buscaba, pero lo que fuera no apareció ante mis ojos.

Buscar se volvió una costumbre. Apenas salía mi tío, yo entraba. Inútilmente repetía la operación. Cada vez lo hacía con mayor desfachatez. Sin contemplar las consecuencias. Hasta que pasó lo que tenía que pasar. Me encontraba tranquilamente sentado en la cama, con los cajones abiertos de par en par, cuando la voz de mi tío Ernesto sonó a mis espaldas:

—¿Encontraste lo que buscabas?

Sentí que el mundo se me venía encima. No tenía escapatoria. Mi tío Ernesto estaba ahí, a sólo un metro de mí. Hasta su olor llegaba a mí. Pálido como un trapo de cocina, me volví a mirarlo. Quise pedirle disculpas con la mirada. Y creo que lo logré, porque donde yo creía que iba a encontrar ira y recriminación, sólo vi tristeza y desconsuelo.

—Perdóname —fue lo único que alcancé a balbucir.

—Espero que no me juzgues tú también, como tu mamá y tu papá...
—¿Juzgarte? No, tío, te lo juro que no. ¿Por qué iba a hacerlo?
—Pero quizás te pueda abrir mi corazón, no tengo a nadie más —dijo, y sacó una botellita de su saco. Ignoro de qué, pero la destapó, fue por su vaso de lavarse los dientes y ahí se sirvió un chorro. Yo permanecía incrédulo, con la mirada puesta en el pequeño librero, mientras él le daba un trago a su bebida.

—Me he quedado sin trabajo —dijo—, después de que yo tuve el trabajo más maravilloso del mundo, después de que yo vaciaba en una página en blanco el alma de las personas que no sabían leer ni escribir, ahora me he quedado sin nada. Después de que les leía a aquellas pobres gentes el mensaje que un hombre le enviaba a otro, ¿sabes que ya nadie quiere que yo le escriba sus cartas? ¿Sabes que ahora todo mundo conoce a alguien que tiene Internet y que ya no manda cartas? Eso ya pasó de moda. Eso ya no existe. Las cartas ya no existen. No me importa haberme quedado sin trabajo, lo que me importa es haber dejado de ser ese enlace que yo era. Ya no soy nada. Mi vida dejó de tener sentido. Me basta con cerrar los ojos para recordar aquellas palabras dulces y extraordinarias: "Mi amor, siempre fuiste mi angelito de la guarda", "Mamita chula, no tengo más vida que la tuya", "Hijito de mi vida, pronto iré por ti"... dijo mi tío Ernesto y empezó a llorar. ¿Qué podía yo hacer por él? Nada, absolutamente nada. En el silencio más absoluto, abandoné la habitación.

Dos días después, lo encontramos muerto. Les pedí a mis papás permiso para usar el cuarto, pero me lo negaron.

## El sentido de la vida

*Para Daniel Miranda*

Tengo más o menos veinte años de no vivir en la ciudad de México. Circunstancias de lo más diverso me llevaron a residir en Xalapa, población a la que si en un principio me costó trabajo adaptarme —sobre todo por la humedad pues soy muy propenso a padecer enfermedades bronquiales—, actualmente la disfruto a plenitud y conciencia.

De vez en cuando me doy una vuelta por el D.F. De pronto, algún viejo amigo me invita a pasar un fin de semana; o de plano me desplazo para sentir un poco la nostalgia en la piel.

Eso aconteció en mi última visita. Tenía tres días para revisitar la ciudad más grande del mundo. Tomé un taxi y le ordené al conductor que me llevara por los recién inaugurados cambios viales. Me percaté de tantas y tan extraordinarias innovaciones, que lograron quitarme el aliento.

En ese recorrido sin ton ni son, de pronto ya estaba yo en mi antigua colonia: la Escandón. Hasta donde pude ver, no había cambiado nada; a excepción de que ya era muy complicado estacionarse. Recorrí las calles de la Escandón con las lágrimas a punto de desbordarse. Sentía los ojos agolpados. Agrarismo, Martí, Astrónomos, Progreso, los nombres de aquellas calles cuajadas de recuerdos se sucedían como el paso de las nubes.

Entonces descubrí un lugar que había olvidado por completo.

Estaba todavía ahí. El café que solía visitar para leer —los periódicos y las revistas a los que siempre he sido tan afecto—, y, por si fuera poco, para reunirme con Laura, mi novia.

Decidí entrar.

Sabía de sobra que no me toparía con Jesús, el antiguo dueño —que en aquella época era quien atendía—, ni menos con don Casimiro, un tierno anciano que era el mozo y el mesero. Así pues, me senté en uno de los extremos del área de comida.

Exactamente en la misma mesa donde siempre me había sentado. Me parecía el más adecuado porque quedaba parcialmente oculto tras la puerta, o, mejor dicho, tras una hoja de la puerta. Se acercó un mesero con cara de persona amable, y le pedí un descafeinado. "No tenemos, sólo café normal, con polvorones de cortesía", respondió con la comanda y la pluma, listo para tomar la orden. Bueno, entonces un té de yerbabuena, dije yo perfectamente resignado. Y me dispuse a disfrutar mi visita efímera. Acaso pasarían otros veinte años antes de que regresara. Para mi esparcimiento, vi que en una mesa contigua había varios periódicos, supuse que del día. Me estiré para tomar uno, y apenas lo tuve en mi poder, una mujer entró directamente al baño. Me bastó mirarla, aun de espaldas a mí, para reconocerla. Era Laura, mi ex, la chica que veinte años atrás había extraído de mí toda la dicha y la esperanza de la vida. Todas las ilusiones y las borrascas —que sólo transcurrieron en mi imaginación, pues Laura era una mujer conciliadora, y yo un joven tímido y acomplejado.

La seguí con la mirada —ahora estaba más caderona, además de que llevaba una falda corta y estrecha que permitía entrever la sinuosidad de sus piernas—, hasta que se perdió en el baño. Recordé algún momento en el que su padre me había corrido. Nos descubrió besándonos y acariciándonos sin importarnos que estábamos en una casa y no en la parte trasera de un automóvil. En fin. Eso bastó para que le impusieran un severo castigo a Laura —no la dejaban ni que se asomara a la calle—, lo que se tradujo en una conducta que hasta la fecha no he comprendido: reaccionó contra mí, me cortó y me aseguró que yo era el culpable de la reacción de su padre por no educar mis emociones, y que no quería volver a saber nada de mí.

Si Laura supiera que desde que me fui de la ciudad de México no he conocido mujer alguna. Que a mis 35 años sigo sumido en un abismo insondable, cuyo fondo no avisto. Si supiera cómo he tratado de imponerme a su ausencia.

Lo que más añoro es su aroma a mujer. Apenas lo entreví aquella vez que su padre me puso de patitas en la calle. Había yo tocado su parte más íntima, y aunque sólo fue en forma fugaz —tan breve como un suspiro, tan intensa como un relámpago—, su perfume se quedó impregnado en mis dedos. Y aún lo conservo en mi memoria olfativa.

Escuché la palanca del excusado, y enseguida el agua del lavabo. ¿Le dirigía la palabra o no? No; no me sentía con fuerza para que la escuchara mandarme al diablo, o que de plano ni siquiera me reconociera. Cuando la vi venir, pasó a un lado y siguió su camino hasta la salida. Entonces me levanté y fui hasta el baño.

Vi que en el cesto de la basura sólo había un papel sanitario usado. Evidentemente era de ella. Se adivinaba húmedo. Lo extraje y lo llevé hasta mi nariz. Aspiré aquel perfume. ¡Era el mismo! O así lo quise entender. Lo doblé delicadamente, y lo guardé en mi cartera. Donde se encuentra ahora mismo. Apenas un par de veces lo he vuelto a sacar para olerlo una vez más.

Está casi deshecho, pero le pido a Dios que me acompañe hasta el último día de mi vida.

## Siempre es mejor estar a punto de irse que a punto de volver

*Para Cristina Tinajero*

Se había propuesto reconquistar a ese hombre. Lo había hecho polvo un par de veces, pero aun así. Sabía que una vez más él se desparramaría a sus pies —*los hombres eran tan previsibles*. Valoró las cosas: una infidelidad. Mejor dicho, dos. Pero la segunda habría de capitalizarla en su favor. ¿Cómo? Algo se le ocurriría. Porque estaba segura de que la perdonaría. Si ya lo había hecho una vez, no tenía por qué no hacerlo otra.

Se puso el vestido más corto que tenía en su clóset —¡que encima él se lo había regalado!—, y cuyo escote era tan pronunciado que bajo el impulso de un movimiento brusco se corría el riesgo de que los pezones brotaran al aire.

Naturalmente, él se había molestado cuando ella, vía celular —él estaba más borracho que un adolescente en su primera parranda—, le confesó que le había sido infiel con Mauricio, un hombre del que alguna vez había sido su amante. Le molestó pero se excitó. Porque así funcionaba él. Lo notó en su tono de voz. Lo conocía muy bien. Y sabía identificar hasta su respiración misma. Era un hombre temperamental, que inútilmente intentaba ir contra las convenciones. Siempre contra la pared, siempre en conflicto, se agarraba de cualquier razonamiento como de cualquier clavo ardiendo para justificar sus sentimientos encontrados. Tan así, que en el círculo en que se movía —el de dílers y galeros— era conocido por su fobia a la monogamia y demás normas sociales, a las que calificaba de bozales pandémicos. Pero más atractivo que eso era el sobrenombre que escurría a sus espaldas: *el gallo ponedor*.

Mas una cosa muy diferente era su inconsciencia y otra su lado racional —que nunca lograba dominar. Pues muy en el fondo, cualquier violación de las normas y preceptos que delimitan la conducta de todo el mundo, le producía la doble sensación de lo agridulce. Del dolor y la excitación. Y entre mayor era el primero, la excitación crecía en proporción geométrica. ¿Estaba bien o estaba mal eso que estaba a punto de hacer? Sólo la experiencia le ofrecía resultados inexorables. No las ideas. Sólo los hechos. Algo que ni él mismo entendía, porque siempre volvía a caer en las mismas contradicciones.

Pero esta vez, las cosas se habían extralimitado. Ella se había acostado con Mauricio, y en una conciencia que se debatía en su interior, se lo había dicho. Sabía cuál sería su reacción, y así fue. Lo vio venir. Se puso furioso y la mandó al diablo. ¿Cuánto duraría esa reacción, o, mejor dicho, ese arrebato? Ella sopesó el tiempo en términos financieros. Porque además, él solía poner algunos billetes en aquella mano suave y blanca, pequeñita —o en su calzón, si la excitación sobrevenía en la cama. Calculó, pues, y estaba llegando al tope: un par de semanas más, y el dinero escasearía.

Así que preparó sus armas.

—Vas a salir huyendo —le dijo, mientras agitaba el vodka tónic.

—Venga —ultimó él, ansioso de terminar aquella conversación y llevársela al hotel.

—Mauricio me embarazó.

—¡Cómo! —preguntó, con el whisky en la boca a punto de atragantársele.

—Lo que oíste, mi amor.

—¿Cómo es posible?

—Pues como pasan estas cosas. Pensé que él se iba a venir afuera.

—¿Y no usaste condón?

—No, la obligación era de él. No mía.

—La obligación era de los dos.

Lo miró con aquellos ojos verdes que parecían descubrir un soplo de vida aun en los lugares más impensados. Lo miró mientras mordía los hielos. El vodka tónic le había inoculado los labios de sensualidad. Ahora se veían jugosos, grandes, besables como los de alguna mujer imposible.

—Y, ¿lo vas a tener?

—No, no. Nunca en la vida podría hacerlo. Mauricio no podría hacer frente a esta situación. Ya aborté.

—Júramelo.

—Por lo más sagrado —dijo, y sus ojos se colmaron de lágrimas. Que escurrieron como intentando hallar un camino que las condujera a un sitio elegante.

Tuvo el impulso de levantarse de ahí y largarse para siempre. Pero la mano de ella lo detuvo.

—¿Te cuento, amor mío?

En cambio, pidió otra ronda. Quiso preguntar, quiso gesticular una palabra. Sabía —intuía, intuía, y siempre se había dejado guiar por sus corazonadas— que el alma de esa mujer se quebraba. Que estaba en sus manos proporcionarle seguridad y confianza. Apoyo. Si para eso no servía el amor, ¿para qué? Dentro de él se debatía el orgullo aplastado —era un macho como cualquier otro. Pero la voz suplicante de ella se levantaba como una fuerza que venía de una zona desconocida. Por encima de toda voluntad, sus ojos se dirigieron a aquellos senos que parecían palpitar para él.

## Juego de luces

¿Se han fijado ustedes en la cara de aburrimiento de los viajeros del metro? ¿No los han visto? Nadie expresa nada. Si pasáramos una vasija recogeríamos sus babas. Idiotas. Quizás ustedes se pregunten qué puede ver un cadete del Colegio Militar, como lo soy yo, con esa punta de imbéciles. Pues la razón es muy simple. Nosotros, los cadetes, somos militares de carrera: hombres preparados, hechos en la acción y en las aulas, en las armas y en los libros. Ha muerto la improvisación y el arribismo. De ahí que repare en todo lo que me rodea.

Pero quiero ser más claro.

Entre otras, cursamos materias académicas que nos aproximan a nuestra realidad cotidiana, la del hombre común y corriente que vive todos los días de la gran urbe. Y hay para mí una favorita: Teorías freudianas aplicadas a la violencia urbana. La imparte el teniente coronel Augusto Aguirre Cervantes. En ella analizamos fenómenos que por alguna razón nos atraen. Pero estos fenómenos tenemos que localizarlos precisamente en la vida cotidiana. Nada de ponerse a inventar.

Por eso, en los periodos de asueto, acostumbro abordar el metro y encaminarme hacia cualquier lugar. No importa que vista mi uniforme, como ahora, pues así la gente me mira con mayor respeto; inclusive, modestia aparte, con admiración. Recuerdo sobre todo un caso que expuse en clase y que provocó que todos me felicitaran. Se trataba de una anciana vendedora de billetes de lotería.

En efecto, lo que primero me llamó la atención, cuando la descubrí vendiendo sus billetes a las puertas del Sanborns de los Azulejos, fue su expresión de intensa felicidad. Me acerqué inmediatamente. Argüí que un cadete —yo iba, desde luego, en mi uniforme militar— no puede comprar para sí billetes de lotería, pero que lo deseaba adquirir para una amiga. Entonces le di mi dirección, y con la promesa de que le compraría un entero, quedamos que iría a casa esa misma tarde —*con seguridad doy con su domicilio*. Y la sorpresa no se hizo esperar: luego de invitarle un jugo y hacerla sentir en confianza, me confesó que ella misma se sentía la portadora del paraíso, y que su misión en este planeta era repartir la felicidad. Ella había nacido para eso, y en sus cincuenta años de vender billetes ya había hecho felices a dos personas.

La estación Salto del Agua es la próxima. ¿Por qué no ir al Sanborns de los Azulejos una vez más? Quizás esté la vendedora y converse con ella; o cuando menos me beberé un café en lo que alguna vez fuera el Country Club. Y esto viene a cuento: sin contar con que es imposible viajar sentado en el metro, no sé cómo existe hoy día tan escasa caballerosidad. He visto —quién no— gañanes sentados cómodamente, con una mujer de pie al lado pasando penalidades por guardar el equilibrio. Sin contar qué tipo de mujer, edad o condición social tenga; en fin, son las reflexiones que me provoca viajar en estos vagones atestados de gentuza.

Eje Central —o Eje Lázaro Cárdenas o avenida San Juan de Letrán o como se le conozca. Como siempre: los mismos rostros, la misma prisa, el mismo anonimato. Bueno, no como siempre: una mujer, la que viene hacia acá, se me ha quedado mirando. Mi uniforme le ha provocado una mirada. Si conozco a los hombres, más a las mujeres: me cortejan, me miran, me asedian. Por eso siempre he tenido amigos muy inteligentes o muy feos, sin términos medios, porque eso las atrae como moscas. ¿Qué mujer no habrá soñado con acariciar el sable de un cadete, su uniforme, o cuando menos sus insignias?

Divagando si me convendría pasar de largo ante el Sanborns —pensándolo bien, ¿qué caso tendría saludar a la anciana vendedora?— y comer en el Café Tacuba, el tiempo se había ido. Al cruzar República de El Salvador hubo algo que detuvo mis pasos: al centro de un numeroso grupo de curiosos se encontraba un ventrílocuo con su muñeco. Naturalmente que esto no hubiera significado ninguna quinta maravilla, aunque el espectáculo fuera manejado de un modo excepcional, como en verdad lo era. Lo que en verdad me interesó fue el hecho de que el muñeco era idéntico al individuo que lo manipulaba, además de tener —como era de suponerse y como lo descubrí más tarde— el mismo nombre: Farolito. Su atuendo era sencillo: un saco a cuadros rojos sobre fondo negro, una corbata de moño azul, sin camisa y un pantalón verde.

—Farolito, ¿quieres contarnos un chiste?
—¿Yo? Si el merolico eres tú.
—No, Farolito. El show eres tú.
—Pues eso lo dirás tú. Pero a ver, dile a tu público que te eche los pesos y entonces sí, nos arrancamos. Hasta les canto la Negra, o que me la bailen…

—No alburees, Farolito.
—Nomás échenle. Nomás échenle.
Y enrachadas en un ritmo continuo se oían caer, en un bote que alguna vez sirviera para contener aceite, las monedas que le arrojaba la gente. Decidido, me aproximé aún más y deposité dos billetes de 50 pesos.
—¿Cien lanas? Ora sí te pusiste guapo, mi cadete.
—No seas igualado, Farolito. Pregúntale al señor guapo qué quiere: canción, décima, película, chiste o receta. Y tenemos recetas de amor, de cocina o de brujería... ¿A ver?
—Para lo que gusten —respondí—. Yo nomás quiero divertirme.
—¿Sabes cuál es el pájaro que se orina en las retrasadas mentales?
—¿Cuál, Farolito?
—El pájaro mea tontas.
—¿Y el pájaro que se orina en las penumbras?
—¿Cuál?
—El pájaro mea sombras.
Y así siguieron un largo rato, hasta que el hombre sacó una guitarra diminuta, que parecía de juguete. Y mientras tocaba, el muñeco improvisaba versos que hacían una clara mofa de mí. No pude menos que reír, como hizo la gente que nos rodeaba.
—Espere —le dije, al observar que en la maleta guardaba la guitarrita, su silla plegable y un montón de sonajas y juguetes—. Quiero platicar con usted.
—Claro, ¿quieres otros versos?
—No, no quiero hablar con el muñeco. Quiero hablar con usted.
—Pero si estás hablando conmigo. ¡Farolito soy yo!
—Espere, ¿no va a guardar su muñeco?
—Cómo lo voy a guardar si no cabe... Además, a los dos nos gusta caminar juntos y reírnos de lo mismo.
Sin darme cuenta, nos habíamos echado a andar. A nuestro paso, la gente ni siquiera trataba de ocultar su asombro: no todos los días se topa uno con un hombre y un muñeco iguales, escoltados por un cadete.
—Oiga, ¿quién le hizo su muñeco?
—Me lo hizo mi mamá, hace cincuenta y dos años.
—No, es que el parecido es extraordinario. Y existe entre ustedes una relación, no sé, tan especial, tan fuera de lo común, quiero decir.
—¿Para eso nos diste tu dinero, cadete de mierda, para meterte en lo que no te importa? ¿Qué crees que somos: los Niños Héroes?

—No, no, Farolito, por favor. No me mal interprete...
—Lárgate.
—Discúlpeme. Yo le suplico que...

Pero mi súplica se quedó en el aire. En un instante, Farolito había cruzado Madero con una maleta y un hombre en la mano. Se me iba en mis propias narices, quién lo dijera, otro éxito para mi materia.

Casi al llegar a la otra esquina, los alcancé:

—Discúlpeme, Farolito. No fue mi intención molestarlo.
—¿No...?
—Si me acerco a usted es porque, bueno, admiro su talento artístico. Y punto.
—¿Prometes no meterte en la vida de Farolito?
—Lo prometo —respondí, en tanto pensaba: miedo exacerbado, angustia, anormal sentido de autoprotección, neurosis. Pero, ¿por qué protegerse a través del muñeco? Aquí hay material para varios análisis. Quién quita y lo convenza hasta de ir al Colegio Militar.

En silencio seguimos caminando cerca de dos cuadras más. Hasta que de pronto me dijo:

—¿Tienes hermanas, madre?
—Sí, ¿por qué?
—¿Están buenas?
—¿Qué...?
—Que si están buenas, cogibles. Que si se antojan para cogérselas. Que si te la jalas imaginándotelas en cueros...
—¡Oiga!

Se volvió hacia mí. La mano del muñeco se hundió por debajo de mi chaqueta y me acarició una tetilla. Los dos rostros, a sólo unos milímetros del mío, me hicieron dar un paso atrás, pegar contra una cortina metálica, y caer. El ruido del sable al golpear se confundió con los gritos del hombre y del muñeco que, encima de mí, hacían toda clase de muecas. El aire empezó a faltarme, y no pude sostener el quepí que con el impacto fue a dar de mi cabeza hasta más allá de mis pies. A mi alrededor vi que la gente se juntaba y que todos se carcajeaban. Quería levantarme, pero mis músculos no me obedecían. La ciudad se había paralizado. Ni un ruido, ni un movimiento, nada, sólo un aliento fétido y esos rostros sobre mí. "Vamos, deja a ese soldadito", oí que le decía el hombre al muñeco. "Órale pues. Adiós, soldadito de plomo", y todavía sentí la mano de cartón rozarme la tetilla.

## La mesa cuatro

¿Y ahora qué voy a hacer, Dios mío? Si me pongo nerviosa me lo va a notar, estoy segura, y por Dios que ya no tengo por qué ponerme nerviosa. Maldita sea, debí haberme quedado en mi casa y aprovechar mi día de descanso. No sé hasta cuándo se me quitará lo estúpida, *pero yo no era así cuando te conocí, tú me has hecho que me encanten todas esas cosas, Octavio. No, muñeca, todos somos así, lo que pasa es que nos las aguantamos, pero todos somos una bola de calientes, hasta la viejita más santurrona. Hay que darle salida a lo que tenemos dentro. Para ti no vengo siendo más que un semáforo en verde* estoy segura que nunca. Nací estúpida y moriré estúpida.

—Señorita, ¿me da la cuenta, por favor?

Mientras Hilda sumaba la comida corrida más dos aguas de horchata al que había supuesto el último cliente de la tarde, Octavio, desde la mesa cuatro, la observaba atentamente al tiempo que jugaba con un salero y se acariciaba su inseparable corbata ámbar —*es que me da personalidad, muñequita, así la usaba Humphrey Bogart en* El halcón maltés, *yo vi las fotos a colores*.

Me está mirando, ¡quita tu vista de mí, cerdo! Cómo recuerdo esa mirada cuando íbamos a hacer el amor. Lo hacía para excitarme. Hasta diez minutos viendo sin pestañear mis piernas, mis nalgas, mis pechos. Y ahorita me está viendo idéntico. ¿Cómo diablos…?

—¡Señorita! ¿Cuánto es por fin, hombre?

—¡Ay, discúlpeme!, cuarenta y ocho pesos. *¿Te fascina, verdad? Te encanta ver cómo Ana Rosa me acaricia y me besa. ¿Eso te calienta, verdad? Mírame, ¿no prefieres tocarme tú, morderme, pellizcarme? Anda, siénteme, ¿no estoy durita?, ¿no te gusto? Este brasier con mis pezoncitos de fuera me lo compré para ti, amor, ¿o prefieres que le unte mis senos a Ana Rosa en las nalgas?,* digo, cincuenta y cinco, por el pan y el agua extras.

Hilda caminó hasta la caja. La charola con los platos sucios y un vaso turbio parecían acentuar aún más su nerviosismo —habiendo miles de fondas y se tuvo que haber venido a meter precisamente a ésta, y sin pensarlo, sin averiguar nada, estoy segura. Idiota. Cuantas veces hizo algo, lo hizo de pura chiripa.

—Cóbrese, señor Carlos, de la cinco.

—Espera. Oye, Susa, por ahí llévate esta charola a la cocina. Quiero que Hilda me aclare una cuenta. Hilda, ¿te pasa algo? Te has puesto pálida. Dime, mira, estás temblando.

—No, no. Nada, gracias Carlos, perdón, señor Carlos. Por favor no me acaricies que se va a dar cuenta Susa y no quiero...

—Claro, perdona... Te hablan de la cuatro.

Sabía que me mandaría llamar. Dios mío, qué puedo hacer. Quisiera deshacerme de él de una vez por todas.

—¿Qué deseas?

—¿Así, de "tú", tratas a todos los clientes?

—Mira, Octavio, éste es mi trabajo y no sé cómo diste conmigo. Lárgate, ¿sí?

—Pues el instinto me guió aquí. Oye, muñeca, me sigues gustando cuando caminas. *Claro que te lo repito, Octavio. Te dejo porque sé que esto va a acabar mal, muy mal. No quiero ser una puta que acabe vendiéndose a cuanto hombre o mujer se le pare enfrente. No quiero que me desprecien. Me gustas y te quiero pero si no me largo ahora no lo haré nunca.* Y por lo visto a tu patrón también. Nomás hay que ver cómo se te queda viendo.

—Octavio, te lo suplico. Él cree que nunca he tenido compromiso. Es la regla, no es nada personal. Sólo mujeres sin compromiso.

—¿Mujeres sin compromiso, qué es eso? ¿Para evitarse problemas si el cliente se pone cariñoso? Abusado el viejo, ¿eh? Tranquila, Hilda, tranquila. Sabes, no he podido dejar de pensar en ti. De imaginarte. Tú ya sabes cómo. No, no te vayas. Caramba, si entré aquí fue porque tengo hambre. Desde que me abandonaste no he comido como se debe.

—¿Y qué querías? ¿Que te aguantara todas tus marranadas?

—¿Cuáles marranadas? Si a ti también te encantaban. Te fascinaban cabrón. No finjas. Además ya sabes cómo pienso, aunque un hombre y una mujer que se han amado se separen, ella sigue siendo propiedad de él. Hasta el momento que él quiere. Ésa es la ley del hombre, que es la que cuenta. ¿Qué me recomiendas?, que el hambre me está haciendo ver bizco.

—Sólo hay la comida corrida. Aparte ahorita ya nomás nos quedan bisteces al gusto y sopa de tortilla.

—Por lo visto ya no te acuerdas de mis gustos. Oye, simula que estás anotando, que tu patroncito no deja de mirar para acá. Anda entrado contigo.

—De una vez por todas, ¿qué es lo que quieres?
—Pues la comida corrida, qué otra cosa. Jálate también una cerveza, ya sabes de cuáles me gustan.
—No hablo de eso, hablo de lo que quieres de mí. ¿Que qué más quieres?
—Vaya que si haces preguntas idiotas.

Hilda caminó, y el local, tan familiar, parecía serle ahora totalmente extraño y hostil. ¿Quién es el señor Carlos para mí, por Dios? Un pobre diablo dueño de un restaurancillo mugriento, un tarado que cree que me necesita, y, peor todavía, que cree que lo necesito. Dios mío, qué cosas estoy diciendo, que todo esto sea una pesadilla y que cuando voltee ya no esté Octavio. *¿Por qué me escribiste esas cosas en la postal, eh? ¿No te das cuenta lo que podía haber pasado si al cartero se le ocurre leerla? Precisamente ésa era mi intención, muñeca. Que el cartero sepa que tienes unos pezones oscuros, duros, paraditos, y que yo no hago más que pensar en ellos y que quisiera que todo el mundo te los conociera y te los besara.*

Entró a la cocina y se le quedó mirando a Emilia, la cocinera, que vigilaba el fuego de los frijoles. Dejó la comanda en la cesta del pan. Una nube negra pasó por su mente. No tenía otro destino, se dijo, que la rutina y el trabajo más aburrido del mundo. Pero ella no había nacido para meserear. Cuando se prostituyó había logrado comprar ropa bonita, joyas de fantasía, pintura para la cara. ¿Y qué carajos me preocupa: que se me caiga el teatro y que el señor Carlos se espante y que me corra y me abandone porque alguna vez fui prostituta; o que vuelva yo a caer como palomita con este hombre? ¿Por qué no puedo meterme adentro de mí misma y ver lo que me pasa? ¿Por qué no puedo leer en mi corazón?

Sus ojos descubrieron el veneno para ratas. Le sobrevino un vahído.

—Hilda, por favor, mujer, ¿qué te ocurre? Dímelo, ¿tiene algo que ver con ese hombre? ¡Susana!, oye, ven. Mira, atiende tú la mesa cuatro. Hilda se siente mal y...

—No, no, gracias. Yo la atiendo. No es nada, señor Carlos, sólo fue un mareo. Gracias de todos modos.

Al mismo tiempo que Hilda le ponía la sopa en la mesa y Octavio se deleitaba con el nacimiento de aquellos senos que lo habían desquiciado más de cinco años —*jódeme, jódeme Octavio, papacito, te lo suplico. Acuérdate, mi rey, piensa en la última noche que pasamos con Felipe, pero ya, ándale, que me estoy derritiendo. Imagínate que Felipe está orita atrás de mí, jodiéndome. Pero ándale, jódeme ya—*, escuchó unas palabras que le sonaron a la cristalización de una noche memorable: Me voy contigo. Termínate tu comida porque ahorita voy a renunciar. Ya tomé una determinación. Y la voy a seguir así sea que el mundo se me venga encima. O me llevas contigo o te doy el veneno para ratas.

—¿En serio? ¿Te vas conmigo? ¿Y nos vamos ir sin pagar?

—Por supuesto que no. Hasta mi propina vas a dejar. Si rateros no somos. Calientes sí, pero no rateros.

## Sus temores se pulverizaron

Leyó aquellas líneas de su puño y letra. Las palabras eran certeras, pero no decían lo que él quería decir.

Tengo 23 años. Me llamó Luis Eduardo. Y estoy enamorado de una mujer que me lleva 50. Ahora mismo, mientras hilvano estas reflexiones no puedo apartarla de mi cabeza. Y no nada más porque la esté esperando. ¿Hay una ley que establezca cuántos años le pueda llevar un cónyuge a otro, o cuál es el límite de edad para que un hombre se pueda enamorar de una mujer? Porque lo que quiero es casarme con ella.

Se habían topado en el parque; él, en su caminata matutina con Estrógeno, su perro, y ella, también en su caminata pero a solas. ¡Qué hermoso perro!, y esas palabras bastaron para que la conversación se estableciera. Como si hubiera sido una señal.

Luego de que Estrógeno le hizo algunas fiestas, echaron a andar siguiendo uno de esos corredores que se abría delante de ellos. Los temas parecían globos que volaban al cielo.

—Eres un chico muy lindo —dijo ella, mientras pasaba sus dedos por las cejas pobladas de aquel joven—, y lo más probable es que te cases con un primor de señorita el día de mañana.

—Nunca me casaré. Odio esa palabra.

—Borra la palabra *odio* de tu vocabulario. No debe figurar en las palabras que salen de una boca expresiva y enigmática.

Quedaron en verse al día siguiente. Y al siguiente. Y toda la semana. Aquella tarde del primer encuentro, lo primero que Luis Eduardo hizo fue comentar lo ocurrido con Olga, su novia.

—Es una jovencita… Estoy maravillado.

—¿Una jovencita de 73 años? Si vendiera la patente de la juventud se haría archimillonaria.

—Estoy pensando en su espíritu. Se ríe como una chiquilla. Es jovial y alegre; se comporta como si acabara de recibir la mejor noticia del mundo.

Pronto aquellas citas por la mañana se convirtieron en una costumbre. Hasta que ella le propuso que comieran —*ni pienses en la cuenta, yo te invito gustosamente*. El asombro fue mutuo. *Te ves muy guapa. Y tú te ves muy distinguido en ese traje azul marino. Te sienta perfecto ese color.* Él le dijo que prácticamente lo estaba estrenando. Que no lo había usado más que una vez, cuando su hermana se había casado. Y que no se lo había vuelto a poner, porque todo mundo se había reído de él.

—Menos tu novia —acotó ella, en tanto esperaba que el mesero le llenara su copa.

—También ella. Bueno, mi ex. Ya fue.

El siguiente fin de semana fueron al museo del Centro Cultural Universitario. Después se detuvieron en la librería Julio Torri y por último comieron en el Azul y Oro, un restaurante a la intemperie. Poco a poco, él fue hablando sobre su vida interior. Le urgía enunciar ese universo que sentía bullir en su sangre y que no parecía interesarle a ningún otro ser humano sobre el planeta. Tenía delante de sí una interlocutora que entendía todas sus angustias. Porque él carecía de anhelos. Era simple, como una lluvia de verano. Cada palabra que salía de su boca era portadora de malas noticias, o cuando menos irrelevante. Se sentía un joven sin mañana. Sin nada que ofrecer a alma alguna. No tenía ni siquiera el poder de convencimiento para atraer la atención de nadie. Pero ahora sabía que por fin sus palabras no iban a dar al cesto de la basura. Ella lo escuchaba. Y bastaba con que escuchara esas palabras para que les diera vida. Como si fueran susceptibles de volverlas espirituales. Qué hermosa puede ser una conversación, pensaba cuando la dejaba en el taxi.

Cada cita significaba una experiencia inusitada. Se dejaba llevar del conocimiento y de la paciencia emanados de aquella voz. Que le sonaba a música. Flautista aficionado, encontraba delicioso identificar en aquellas disertaciones sobre el arte, la naturaleza, el alma misma, o sobre el vino, la cocina, la jardinería, el aliento de las maderas, el mensaje cifrado del clarinete, la voluptuosidad del oboe.

Un año y fracción había pasado. Diseñador de tiempo libre —le llevó su tiempo explicarle en qué consistía esa nueva carrera; y a ella le bastó con una llamada, no hecha delante de él, para conseguirle trabajo—, ahora valoraba por partida doble los minutos que le quedaban de la jornada diaria para disfrutarlos al lado de ella.

Como ahora mismo.

¿Qué podría decirle? ¿Cómo se lo diría? Había intentado escribirle un texto confesional en el que le hablaba de su petición de mano, pero ahora estaba avergonzado. Lo extrajo del bolsillo de su saco y lo rompió en pedacitos. Lo que quería decirle se lo diría de viva voz. Con las palabras más sencillas y claras. Aunque no fueran bonitas. Se preguntó por qué en sus sueños todo era puro. Por qué solía arrodillarse delante de ella y besarle la mano. Por qué le acariciaba la mejilla y se aproximaba hasta casi besarle los labios. Por qué veía en sus ojos la flama ardiente de la pasión. Por qué sus palabras brotaban limpias de prejuicios.

La vio venir a su mesa. Venía radiante.

Sus temores se pulverizaron.

## El buen Eucario

Nunca me llevé bien con Eucario. Conviví con él unos cuantos días, y con eso bastó para que me pareciera uno de los tipos más despreciables que he conocido en mi vida.

Sucede que hoy día, cualquier persona que desee progresar en su centro de trabajo —por progresar hay que entender simple y llanamente percibir un salario progresivo—, debe de sacrificar su tiempo y de vez en cuando tomar algún curso de motivación personal.

Que eso fue lo que me pasó a mí. Y a Eucario.

Motivado por Castillo —que canceló a última hora, cosa que jamás le perdonaré—, me inscribí a un curso que llevaba por título el de *Los diez puntos básicos en el proyecto personal de un hombre de éxito*. La cita no sería en la ciudad de México sino en un hermoso centro vacacional, a un par de horas de la capital. La promoción incluía el transporte, desde luego el hospedaje y el consumo; excepto de bebidas alcohólicas.

Desde que el buen Eucario —no le digo así por mofa; él mismo nos suplicó a todos que lo llamáramos de esa manera— se subió al camión, se acabó mi tranquilidad, y la de todos. Con el puño derecho en alto, le gritaba hurras a la firma organizadora, así como a la compañía para la cual trabajaba, y hasta a su jefe, que le había permitido viajar *para que se superara*. De pie en el pasillo, se detenía ante cada pasajero, le levantaba el brazo y lo obligaba a que se uniera al "festejo". Cuando llegó ante mí, fingí estar dormido con tal de que me dejara en paz. Pero fue al revés. Me sacudió un par de veces, y me gritó a boca de jarro: "¡No es hora de dormir! ¡Es hora de triunfar!". Juro que si el camión no hubiese iniciado su marcha, me habría bajado.

Lo siguiente que hizo fue peor. Abrió una mochila y extrajo plumas y tazas con el logotipo de su empresa. Las repartió a cada uno de nosotros y empezó a declamar la mística de su trabajo. Cuando se dio cuenta, todos estábamos a punto de quedarnos dormidos.

Y como si estuviéramos pensando lo mismo, apenas el camión se detuvo a las puertas del hotel lo primero que hicimos fue correr a la recepción para verificar que nuestra habitación fuera individual, y, en caso de no serlo, para apartarla con cualquiera menos con el buen Eucario. Pero por fortuna resultó individual.

Las sesiones comenzaron cuanto antes. La primera estuvo dedicada a la coherencia entre la educación y el proyecto de vida. El expositor estaba explicando cómo el éxito se puede inocular en un hombre desde que es niño, cuando el buen Eucario levantó la mano. El expositor le dio la palabra y Eucario contó su niñez. Ninguno lo podía creer. Pero allí estaba, narrando su infancia paso a paso. Hasta que el expositor lo conminó a que cerrara la boca y se sentara.

Dos sesiones en la mañana y dos en la tarde, jueves, viernes y sábado, y en todas y cada una el buen Eucario interrumpió el flujo de la ponencia del expositor, lo que provocó que firmáramos una queja dirigida a la dirección. Clamor que, por supuesto, no trascendió.

Pero aún faltaba lo peor. Y no estoy pensando en el ridículo que hizo cuando se metió a la alberca para mostrar sus estilos de natación —eso dijo él que iba a hacer—, sino en el cierre del evento que se llevó a cabo con una cena en el salón de usos múltiples.

Nos habían convocado desde que se abrió el curso. En el índice de contenidos, se le daba una relevancia especial. Al final de las actividades, se podía leer: *Como clausura de las actividades, se invita a todos los participantes, expositores y directivos a la cena que tendrá lugar el sábado 2 de abril a las 20:00 horas. Brindis de honor.*

El salón de usos múltiples es muy amplio, y las mesas se distribuyeron dejando suficiente espacio para que la gente bailara en una suerte de pista improvisada.

Y todo habría salido a pedir de boca, pero de pronto hizo su aparición el buen Eucario. Muy pocos se percataron. En mi mesa no había lugar, pero en la de enfrente sí. Esa mesa estaba ocupada casi exclusivamente por mujeres. Entonces pasó lo inevitable, pero que nadie hubiera podido prever: el buen Eucario se dirigió a esa mesa, se aproximó a la primera mujer que tuvo a su alcance, le puso las manos en la cabeza y la empezó a despeinar; pero no se piense que en forma suave y delicada, sino brusca y violenta. Y de la primera se pasó a la segunda, y a una tercera. Fue tal la sorpresa, que ni siquiera las mismas mujeres pudieron reaccionar; hasta la última que gritó como si la estuvieran asaltando. Se armó el escándalo. Uno de los expositores se lanzó sobre el buen Eucario y le estampó un derechazo en la mandíbula. Y a su vez, uno de los participantes zarandeó al dicho expositor y lo proyectó contra una mesa.

Fue imposible restaurar la compostura. La cena se canceló y al día siguiente emprendimos el regreso. El buen Eucario no iba en el camión.

## Flashazo

La idea no fue mía. Lo juro. Cuando Ariel, mi amigo fotógrafo, me llamó para invitarme a su despedida de soltero, lo primero que hice fue negarme. Ya no estoy para despedidas de soltero; al contrario, la sola idea me da un vuelco en el estómago. A los cuarenta años todo suena ridículo y prehistórico. Y así se lo dije a Ariel: No marches, no tengo ni dinero ni ánimo. Pero me respondió vehemente. Será un gusto que compartamos los últimos segundos de mi soltería. Acompáñame.

Con Ariel había estudiado la carrera de periodismo, y siempre vi en él una persona entusiasta, aunque no muy inteligente; sensible, aunque sin brillo. Pero finalmente habíamos fincado una amistad. Que se casara cuando yo ya me había incluso divorciado, me hablaba de su apatía. Pero así eran las cosas, por lo que acepté.

Pasó por mí en su automóvil con dos compañeros de chamba. Todavía no me los había presentado, y yo ya estaba arrepentido de haber aceptado. No eran más que dos idiotas que buscaban ansiosamente el momento de quedar bien con sus chistes vulgares y de mal gusto. Sin el menor ingenio. Y la sola idea de que iban a participar en una despedida de soltero, los alteraba como perros de caza cuando salen tras el rastro.

Venían bebiendo tequila. Directamente de la botella —aguas con mi cámara, les gritaba Ariel a cada rato. Apenas me subí, me ofrecieron. Acepté por la simple y llana razón de que odio discutir con necios. Haberme negado, habría equivalido a entrar en una suerte de polémica necia y absurda, como todas las polémicas.

Así que le di un buen sorbo al agave.

—¿Y adónde vamos? —preguntó uno de ellos, no importa cuál.

—Al Imperio —dije yo. Sin inquirir su opinión, ni siquiera la de Ariel.

Aunque no lo conocían, brincaron de alegría. Asunto resuelto. Cero preguntas. Cero nada. Cualquier lugar que hubiera yo dicho les habría causado el mismo estúpido bullicio.

Le indiqué el camino a Ariel, y enfiló hacia el antro como si fuéramos a una primera comunión. Porque en sus ojos se entreveía cierta dulzura, cierta suavidad de sabio árabe. Como si la víspera hubiese amanecido ahí mismo. Le pasé la botella de tequila y bebió con profusión. Eructó cuando el trago se acomodó en su estómago, y los idiotas lo festejaron como si hubiera metido un gol en una final.

Por fin llegamos al Salón Imperio. Dejamos el auto a dos calles. Salvo los malvivientes que suelen pernoctar en esas calles oscuras y despobladas, todo se veía normal. Así que estacionamos el carro, y tuvimos que esperar que los tarados le dieran un trago mortal a la botella y la dejaran ahí. Los conduje hasta el Salón Imperio. De aquí sacamos una vieja o soy puto, dijo el primero. De aquí sacamos un puto o soy recontraputo, dijo el otro.

Nos revisaron de pies a cabeza. Ariel llevaba la cámara, pero no pusieron ninguna objeción. Más bien, estuvieron a punto de negarle la entrada a los dos tarados —cuando los cacharon bailaron como mujeres, simulando ser dos teiboleras. Pero no pasó a mayores.

Pedimos una mesa cerca de la pista. Mientras a unos metros tocaba una sonora femenina sin prenda alguna, el mesero nos indicó que esa mesa era de botella, por lo que de inmediato le ordenamos una de tequila. Nos la sirvieron y nuestra vista se desparramó de izquierda a derecha, de derecha a izquierda, sin provocar alteración alguna. No éramos más que una punta de borrachos dispuestos a divertirse y nada más.

Pero de pronto se armó un clamor. Todos nos volvimos a mirar el origen del escándalo. Se trataba de un pleito. Justo en la entrada del antro, dos tipos estaban a punto de agarrarse a cuchilladas. Se había armado una bolita alrededor de ellos. Se tiraban un navajazo, se tiraban otro, y todos alrededor se abrían o cerraban como si fueran una pinza. Entonces Ariel tuvo la gran ocurrencia. Preparó su cámara, se trepó arriba de la mesa, apuntó y disparó.

Flash.

Con eso bastó. Todos los de la bronca —y todos es todos: rivales con navaja en mano y espectadores— volvieron su mirada hacia la fuente del flashazo. Y se dejaron venir,

Es decir, fueron preguntando de mesa en mesa: ¿De aquí tomaron una foto, hijos de su puta madre? Y en todas las mesas respondían que no, que de ahí no. Pero lo más curioso era que los dos rivales estaban indisolublemente unidos. Se unieron a partir de ese momento. O preguntaba uno o preguntaba el otro. Habían dejado atrás el motivo de su pleito, y ahora lo único que les interesaba era averiguar quién había tomado la foto.

Cuando por fin se aproximaron, Ariel tomó la cámara y la ocultó debajo de la mesa.

—¿De aquí tomaron la foto, hijos de la chingada?

—De aquí tomamos la foto y aquí está la cámara —dije yo, me agaché, agarré la cámara y se las di. Al instante le sacaron el rollo y nos advirtieron que jamás se nos ocurriera regresar ahí. Cosa que obedecimos. Por supuesto, los idiotas insistieron en llevarse la botella. Pero Ariel fue el primero en obligarlos a desistir.

## Un bicho en su estudio de escritor

Precisamente en ese instante sonó el timbre. Se asomó por la mirilla. Pasó de un estado de parsimonia a uno de leve agitación.

Era ella.

La mujer que había sido su amante alrededor de tres años.

La había conocido en la Sogem, una institución que se dedicaba a sacarles dinero a los alumnos. Él había sido su maestro. La materia era lo de menos: un taller de creación literaria como el que existían muchos.

Le dio un trago a su whisky. Con los puños crispados, dejó que el hielo se deshiciera en su boca. Le gustaba hacer eso. O bien apresarlo entre los dientes y reventarlo como se revienta una nuez con un cascanueces. Se imaginó sus mandíbulas como un cascanueces monstruoso, y sonrió por el símil.

Se levantó de su mesa de trabajo y se dirigió una vez más a la mirilla. Ella seguía ahí. A la espera de que la puerta se abriera. ¿Por qué no se iba?, se preguntó. ¿Cómo sabía que él se encontraba? Por la música, desde luego, ésa era la primera pista. Y en ese momento escuchaba el concierto para violín de Chaikovski, no a todo volumen pero sí tan fuerte que seguramente se oía en el pasillo. También podía ser por el carro. Tenía un Honda City, que era fácilmente identificable, y como en la Villa Panamericana, donde vivía, había tan pocos autos, seguramente lo había identificado.

El timbre volvió a sonar.

Recordó la vez que ella se había encolerizado por una mujer hermosa que se encontraba en la mesa de junto. A partir de ese momento, de que *ella* la descubrió, se transformó por completo. Fue una reacción sin sustento alguno, porque él ni siquiera la había visto, y eso que se encontraba a sólo unos pasos. Ella le exigió que se retiraran en el acto. Pagó la cuenta —siempre las cuentas altísimas— y salió tras ella. Que ya lo estaba esperando. Todo el camino fueron insultos y soecidades. Lo acusó de macho, de irrespetuoso, de patán. Sumado a amenazas de muerte.

El timbre repiqueteó ahora una larga y sostenida vez.

No perdían oportunidad de declararse su amor. Como fuera. Donde estuvieran. Declaración amorosa que terminaba con una declaración de odio. Se exigían amor irrestricto. Fidelidad absoluta. Que salía volando por los aires. Como la vez en la que habían asistido a la boda de un amigo editor. La ceremonia había tenido lugar en una terraza privada. El trago circulaba a raudales. Los meseros iban y venían portando charolas colmadas. De pronto ya todo mundo platicaba de sus temas favoritos en pequeños círculos. Entonces él la buscó. No la localizó. Sintió una punzada en el estómago, se puso de pie y la localizó al final del extremo opuesto de la terraza. Con toda la cachondería imaginable, le bailaba a un gordo. A leguas se veía que el baile era en exclusiva para él. Y como si el privilegio no fuera suficiente, se había sacado los senos y se los mostraba con fruición.

Que estallara en ira y dolor era lo esperado. Pero que su sexualidad también estallara era inusitado. Como si el dolor de ver a su amada coqueteando tan burda y descaradamente con otro lo excitara hasta más allá del delirio. A sus treinta y cinco años nunca había sentido algo semejante. Él hubiera querido hacer lo mismo, excitarla a ella a través de otras mujeres. Pero eso no la inquietaba a ella sexualmente. Sólo se encabritaba como una yegua, se ponía furiosa de imaginárselo a él trepado en otra mujer.

Por cuarta vez, el timbre volvió a sonar.

Su corazón se aceleró como si fuera tambor de guerra.

Conocía esa adrenalina. Se asomó y la miró atentamente. Venía bellísima. Y era poco decir. Estaba seguro de la lencería que portaba. Lo sabía por el vestido. Negro y corto. De una sola pieza. Extremadamente zancón, más allá de la mitad de la pierna. Se preguntó de dónde sacaba el coraje para no abrir, si la desesperación por abrazarla, besarla, hacerle el amor lo estaba rebasando. Se conocía y sabía de sobra que su resistencia podía pulverizarse en cualquier instante. Más valía que abriera, o acabaría destruyendo su departamento. O arrojándose por la ventana.

Por quinta vez, la mano femenina se prendió del timbre.

Se imaginó esa mano. O, mejor dicho, le bastó cerrar los ojos para recordarla. Acariciándolo. Procurándolo. Prodigándole dulzura. Pero en la misma medida propinándole una terrible bofetada. Tenían un par de meses de no verse. Y ahora no hacía más que pensar en ella. Abría los ojos, y lo primero que veía eran los ojos de ella. Que lo llamaban con la mirada. Intentaba conciliar el sueño, y aun en la duermevela los miraba. Se despertaba sudando. Enfebrecido. Fuera de sí. Habría querido correr hasta su lado, pero entonces su esposa lo detenía. ¿Qué te pasa?, nada, no me pasa nada. Eso había sido el primer mes. Para el segundo, la pesadilla —como él mismo la llamó alguna vez— había disminuido. Su esposa le había dado apoyo y comprensión. Que habían sido como las dos muletas que necesitaba para reemprender su vida. El alivio urgente. Había bajado de peso en esos dos meses, y se había perdido un poco en esas calles del centro de la ciudad de México que tan bien conocía. Se creía finalmente dueño de su voluntad.

Hasta que el timbre volvió a sonar.

Se puso de pie como un energúmeno. La silla fue a dar muy lejos. Bebió de un solo trago lo que restaba del whisky, y se dirigió hacia la puerta.

# Gusanos

Yo colecciono gusanos. Desde niñito. Y lo sigo haciendo. Como no voy a la escuela, tengo todo el tiempo del mundo. Me la paso en la fonda de mi mamá, pero a mí lo que me gusta es andar con mi frasco de gusanos para todos lados. Los gusanos los saco del jardín. Porque en la parte de atrás de la fonda tenemos un jardín. Está bien bonito. Sobre todo porque en la parte de abajo está lleno de bichos. Abajo de la tierra. Hay de todo. Unas arañas patonas enormes. Algunas veces las meto en el mismo frasco a las arañas y a los gusanos. A ver quién se come a quién. Mi mamá se enoja porque saco mi frasco en la fonda. Dice que los clientes se van a espantar, que se va a correr la voz y que no van a regresar. El frasco está bien grandote. Me lo regaló Martín, el amigo de mi mamá. No es mi tío. Cuando le digo tío se enoja, dice que él no tiene sobrinos mensos. Es su único regalo. Me lo dio el día de mi santo. Que yo no sé cuándo es. Los gusanos que más me gustan son los amarillos. Son como los dedos. De ese tamaño. Cuando tengo hambre, me robo una tortilla y me hago un taco de gusanos. Les echo sal y un chilito verde. De los picosos, flacos y chiquitos. Si mi mamá me ve, se enoja. De todo se enoja. Por una cosa o por la otra, se enoja y se pone a dar de gritos. Una vez corrió a una de las cocineras porque le sacó una foto dando gritos. Y diciéndole a todos que esto y que lo otro. Mi mamá es muy linda conmigo. Se enoja pero es muy linda. Quiso enseñarme a leer y a escribir pero no pudo. Es algo que nadie puede. Porque nomás las letras no me entran. Porque soy burro. Re burro. Bien burro. Pero a pepenar gusanos nadie me gana. Agarro dos al mismo tiempo. Es muy fácil si escarbas con las dos manos. Escarbas y escarbas y es como si les entrara miedo a los gusanos porque salen por un montón de agujeros. Entonces los agarras del cuello y los metes al frasco. A veces el frasco se llena. No siempre. Una vez eché unos cuantos en la cama de mi mamá. Porque cuando cierra la fonda se acuesta con Martín. Cuando está Martín. No siempre. Yo la veo cómo le saca a Martín el gusano que tiene abajo de la panza. Y se lo mete a la boca. Se lo chupa y se lo chupa hasta que el gusano escupe leche.

Se me antoja esa leche. Por eso me trago a los gusanos. Pero no escupen nada. Mi mamá no tiene gusano. El otro día le pregunté a Simona si ella tenía. Se enojó cuando le pedí que me enseñara lo que tiene debajo de la panza. Se enojó la primera vez porque después ya le gustó. Cuando se levantó la falda y me enseñó que no tiene gusano. Más que uno chiquitito. Me dijo que le diera un besito. Que lo saboreara con la lengua. Y así le hice. Sabe como los gusanos amarillos. Los que más me gustan. A veces me ve venir y deja los trastes. Entonces ya sé que quiere que le dé besitos. El otro día que mi mamá salió a gritarle al del gas, le eché un gusano a la olla. Pero no soy tonto. Lo partí en pedazos. Para que no fuera a espantar a nadie. Era la olla de los frijoles. Como cuando espío a mi mamá, espié a la gente cuando se comía los frijoles. Nadie hizo nada raro. Todo el mundo estaba feliz. A lo mejor los gusanos son buenos para cocinar y la comida sabe más sabrosa. También tengo una broma para las niñas. El otro día, una señora trajo a su hijita a comer. Lo primero que hice fue meter mi mano al frasco. Cuando la niña se le quedó viendo al frasco, yo empujé muchos gusanos y puse la mano en el frasco. No se veía feo pero sí daba miedo. Como si la mano fuera un montón de gusanos. La niña gritó y yo me eché a correr. Siempre me echo a correr cuando pasa algo. Una vez se incendió el cuarto en el que dormía y me eché a correr pero con todo y gusanos. Salí corriendo con el frasco. Quién sabe cómo se incendió el cuarto. Yo no tuve que ver, aunque mi mamá me dijo que el culpable era yo. Por andar jugando con cerillos. Y es que eso sí hago. Amarro al gusano a una varita y lo incendio. Una vez vi que así incendiaban a las personas. En la tele. Creo que hasta gente se les quedaba viendo. Yo puse el frasco para que los gusanos que estaban adentro supieran que los iba a incendiar. Yo merito. Aunque ya lejos de las sábanas. Para que no se enojara mi mamá por el incendio. Si es lo que no quiero, que se enoje. Me gusta más cuando está contenta. Como cuando Martín le entierra su gusano. Ha de sentir rico. Por eso se pone risa y risa.

## Un padre ejemplar

Odiaría ser un mal ejemplo para mis hijos. Tengo dos hombrecitos, de tres y cinco años. Se llaman Marco Aurelio y Marco Tulio. Desde la muerte de mi esposa —de cirrosis, aunque ella no tomaba una sola gota de alcohol; la contagiaron en el Seguro—, hace un par de años, he incrementado las normas de buena conducta. Hasta donde yo sé. Hasta donde fui enseñado, los hijos hacen lo que sus padres hacen. Se guían por el ejemplo. Bueno o malo. Así sea darle limosna a un hambriento, que meterle el pie a un anciano. Barrer la banqueta, o escupir a la vista de todos. Por lo que constantemente estoy sometido a un examen exhaustivo de todas mis conductas, que emprendo en forma vehemente. Cuando hago oración al despertarme o al dormirme. Soy tan riguroso, que incluso me eché para atrás a la última hora de un segundo matrimonio que ya tenía prometido con una deliciosa jovencita de veinte años recién llegada de Alto Lucero, Veracruz. Lo hice por temor de que les diera un mal ejemplo a mis pequeños. Necesito que alguien me ayude en los quehaceres, lo sé. Cada vez la situación es más complicada para mí, también lo sé. Pero no puedo arriesgarme a meter a cualquiera a la casa. Hasta cosas para muchos tan insignificantes como el modo de tomar los cubiertos, de sentarse o de lavarse las manos, pueden constituirse en un infierno cuando no hay una estricta observancia de las buenas costumbres.

No es mi situación. En todo soy cuidadoso, severo, incomplaciente.

Hasta en mi forma de beber. Porque bebo, y no tengo empacho en decir que demasiado. Desde antes de que mi esposa muriera. Pero si he de ser sincero, cada vez me cuesta más trabajo beber enfrente de mis hijos. Por fortuna, cuento con una guardería. Los paso a dejar a las ocho de la mañana y los recojo a las cuatro de la tarde. En ese lapso, trabajo y bebo. Bebo y trabajo. Quiero decir, que mi trabajo —vendedor de automóviles usados— me da la oportunidad de tomar mis descansos para echarme unos cuantos tragos. En mi portafolios llevo oculta una botella de las conocidas como anforitas. Visito un cliente, visito otro; muestro un auto, muestro otro. Y entre una cosa y otra, bebo un sorbo; uno solo. Para que no se me note.

Pero he aquí la complicación, lo inesperado.

Hace cosa de un mes, cuando visité a un cliente para entregarle su kit de herramienta, me invitó a entrar a su casa, y, sin preguntar, me sirvió una copa de vodka, que era justo lo que yo estaba tomando. No pude decir no. Afablemente, el hombre se reía a mis espaldas. Lo vi en su expresión, pero no dije nada. Me comuniqué al trabajo para decirle a mi jefe que se había presentado un contratiempo y que no podría regresar a las oficinas —insistió hasta la saciedad que le explicara qué tipo de contratiempo. Lo único que me mantuvo alerta fue la preocupación de que tenía que pasar a la guardería por mis hijos. Cosa que cumplí al pie de la letra. Cuando por fin llegamos mis hijos y yo a la casa, arrinconé los sillones de la sala —mi departamento es un huevo, de interés social, y no tiene jardín, patio, ni nada que se le parezca— y nos pusimos a jugar futbol rápido. Naturalmente que hubo algunos desastres —macetas y muñecos de porcelana rotos—, pero valió la pena. Me atrevería a decir que los mejores momentos de mi vida los he pasado con ellos, con Marco Aurelio y Marco Tulio.

Pero aquella experiencia tuvo otras consecuencias.

Mi jefe habló conmigo y me puso contra la pared. Me dijo que no me corría por mis hijos. Pero que ya estaba enterado que yo era un alcohólico incorregible, y que si volvía a captar aliento de ebriedad o una queja de mi conducta me pondría de patitas en la calle.

Temblé de pies a cabeza cuando me dijo eso. Ya en aquella sala que sirviera de cancha me imaginé sin trabajo. ¿Cómo le iba a hacer para mantener a mis hijos? La sola angustia provocó que corriera al baño y vomitara. Porque de ahí en adelante principiaría mi carrera al infierno, y tarde o temprano mis hijos se darían cuenta si seguía así.

Me propuse no beber más. O en todo caso hacerlo a escondidas. Y sobre todo si lo hacía en casa. Que fue lo que hice. Mientras mis hijos no se percataran, el mundo podía caerse a pedazos.

Las cosas dieron un vuelco. Tengo una anforita de ginebra Oso Negro en mi buró, y bebo antes de conciliar el sueño. Un par de tragos. Al rojo vivo. Directos. Apenas acuesto a mis hijos, luego de darles su cena —no los baño todos los días, sólo los sábados—, ceno yo, veo un rato la televisión y me acuesto. No sin antes beberme un par de tragos. A veces más. Cuatro o cinco. A veces más de la mitad de la botella. A veces toda.

## La ofensa

*Para Jorge Borja*

—Mira qué cabrón, ¿eh? Echarnos dos horas más —se queja el *Nene*. Sus lentes negros dejan adivinar apenas los ojos de párvulo, que le habían ganado el sobrenombre a este peso completo de un metro ochenta y nueve y ciento diez kilos de peso.

—Y ni siquiera te dicen agua va. A la de a huevo ha de ser su pinche voluntad —responde el otro, la *Orca*, de quien se dice que en su juventud había sido campeón de judo y de tiro al blanco.

—Pero si no queremos no nos pueden obligar —añade el *Nene*, más convencido de su fortaleza que de sus derechos laborales.

—Pues no te pueden obligar pero te corren. Y a ver con quién te vas a quejar. Ni quién nos pele...

Recargados en un Mercedes Benz negro, llevan más de tres horas delante de aquel lujoso restaurante. Les gusta estar ahí, las pistolas al cinto. Con tal de no pasar delante de ellos, numerosos transeúntes prefieren cruzar de acera.

—Peor para ti, *Nene*. Con chavos y compromiso.

—Hijo de su puta madre. Pero eso sí, hasta la vida tenemos que dar por él.

—No exageres, *Nene*. Con el patrón casi no hay bronca. Malo otros, que están llenos de enemigos.

La *Orca* hurga en su bolsillo interior y extrae una cajita metálica. Le sopla para quitarle un polvo imaginario.

—Vamos a darnos un toque, ¿no? —le propone al *Nene*.

—¿Y si sale el patrón?

—No hay pedo. Ni cuenta se da. Sale bien pedo...

Con el quemacocos abierto, el radio a un volumen insoportable, y aflojándose el nudo de la corbata, el *Nene* y la *Orca* aspiran fuerte, detienen la exhalación en sus entrañas y sueltan el aire como si en ello les fuera la vida.

—¿Ves aquel cabrón del saquito a cuadros? —pregunta la *Orca*.

—Sí, qué tiene...

—Ya van dos veces que pasa por aquí. Y no me gusta nadita. Desde aquí le daría un plomazo y le volaría los huevos. Nada me gustaría más que practicar tiro con cualquiera de esos hombrecitos. Para mí esos muñecos son árboles para mear. Hay que estar pendiente de él. En una de esas saca boleto ese hijo de la chingada. Hay unos que se disfrazan de gente decente. Como nosotros. A ésos los traigo en salsa. Nomás vivo esperando el momento de encontrarme con alguno de ellos. Te juro que disfrutaría su muerte como si fuera un buen trago de ron. O como si fuera una mujer que estuviera bien ganosa. Hay cosas que nacen para conquistarse.

En torno la ciudad bulle. Aunque están en el sur, el tráfico es inclemente. Está prohibido estacionarse, pero no hay quien los mueva. El patrón tiene influencias, y las hace sentir donde sea para su comodidad. Pese a que el restaurante cuenta con servicio de estacionamiento, odia que su auto permanezca oculto. Le gusta el ritual de que lo esperen a la vista de todos.

—Si vieras —murmura el *Nene*, con la mirada vigilante. Deja descansar sus manos sobre los muslos y los dedos se cruzan. Siente entre las yemas la enorme piedra verde del anillo.

—¿Qué cosa? —pregunta la *Orca*. Al volante, se entretiene pasando los dedos por los controles. También acaricia la palanca de cambios, la parte acojinada del tablero.

—Si vieras qué ganas tengo de romperle toda su madre al patrón, de verlo con el hocico sangrando y las costillas rotas. De un puro chingadazo lo mandaba al panteón. Con éste —y un puño marcado de cicatrices y excoriaciones hace un movimiento curvo hasta descansar ruidosamente en la palma izquierda—. Ya me está llenando el buche de piedritas. Cuando no es una cosa es otra. Pero esto de que nos aplicó dos horas más de chamba no tiene madre.

—Tranquilo, *Nene*. Si le tocas un pelo yo personalmente te rompo a ti el hocico. Y lo sabes, porque tú harías lo mismo. ¿Crees que me iba a quedar callado, o que iba a dejar que lo hicieras? Me acabas de ofender.

El *Nene* está a punto de replicar. No sabe exactamente qué, cuando el patrón sale del restaurante. Todavía no ha cruzado el umbral y ya ambos hombres están escoltándolo hasta la portezuela. Sus movimientos son nerviosos y ágiles. Parecen volar. Enseguida suben al automóvil tan velozmente como lo harían dos jovencitos. La *Orca* enciende el motor e inicia la marcha como un alarido. El *Nene* escudriña el entorno. Ningún detalle debe pasar inadvertido.

## Una noche en Oaxaca

*Para Teresa Mondragón*

"Y abiertamente consagré mi corazón a la tierra grave y doliente, y con frecuencia, en la noche sagrada, le prometí que la amaría fielmente hasta la muerte, sin temor, con su pesada carga de fatalidad, y que no despreciaría ninguno de sus enigmas. Así me ligué a ella con un lazo mortal."
Johann Christian Friedrich Hölderlin: *La muerte de Empédocles*

### I

Siempre lo supe. No quiero que se piense que soy idiota, que la vida habría de darme esa lección como se alecciona a un aprendiz de carpintería. Sin duda la vida se la pasa dando lecciones, y yo soy el primero en aceptarlas, y me mantengo con los brazos abiertos a su espera, pero aquí no se está hablando de dar o recibir lecciones sino más bien de asumirse como una cucaracha cuando le encienden la luz a la mitad del trayecto del bote de la basura al fregadero y no le queda más remedio que correr y refugiarse. O morir.

Y yo opté por morir.

La vi venir desde las primeras veces que hacía el amor con ella. Nos entregábamos con tanta pasión como si nos hubiesen quitado las amarras. Y los dos nos comportábamos exactamente como perros. Yo tengo más de 59 años y Amaranta apenas ha rebasado los 30. La gente se nos queda viendo cuando caminamos en la calle —algo hay en nuestros cuerpos que nos delata, aunque ni siquiera vayamos tomados de la mano. O cuando comemos o bebemos en un bar. Porque de inmediato nos calentamos. Yo más que ella. O es que Amaranta sabe exactamente qué mecanismo accionar en mi cabeza que me acelero y me disparo como proyectil en llamas arrojado por una catapulta.

Hubo varias pistas que debieron haberme alertado.

En el automóvil —de ella, yo prefiero no sacar mi carro si no es totalmente necesario— sufrimos una experiencia atroz. Estábamos en mi barrio —barrio es un decir, vivo en la colonia Cuauhtémoc—, en el fragor de la noche, digamos hacia las once, cuando nos sorprendió una patrulla. No es difícil imaginarse lo que pasó. Amaranta se encontraba practicándome una felación cuando la luz de la lámpara de los patrulleros iluminó la escena. Por supuesto que no alcancé a cubrirme con la suficiente rapidez. Pero lo curioso, lo verdaderamente curioso, es que los patrulleros nos dispensaron de cometer faltas a la moral sólo y nada más por mi edad. Entre bromas de mal gusto, miradas de franca obscenidad dirigidas a Amaranta —que no hallaba cómo cubrir su escote, y que sin embargo se reía, muy sutilmente pero lo hacía—, me palmearon la espalda y me dijeron, no sin un dejo de admiración, que yo no era cualquier viejo, que más bien tenía actitudes de adolescente, y que de cuáles camarones comía para mantenerme en forma. Todo quedó en docientos pesos, cien por cabeza. Cuando nos subimos al auto e intenté arrancarlo —Amaranta prefiere que yo maneje porque de noche su vista falla por los brillos de las luces—, se aproximó y volvió a extraerme el pene, aun con más furia que como lo había hecho antes. Quise apartarla pero no pude. Le rogué que se estuviera en paz, que no tardarían los patrulleros en regresar, que fuera sensata. Pero fue como si mis palabras hubiesen significado exactamente lo contrario. Se prendió peor. Me succionaba como si fuera nuestra última oportunidad. Yo intentaba mirar los espejos. Percatarme de lo que sucedía a nuestras espaldas. Inútilmente. Si los patrulleros nos descubrían ahora sí no habría dinero que nos sacara del aprieto. Por el espejo retrovisor vi pasar las luces azules de una patrulla, pero siguió su camino hacia la derecha. Decidí guardar mis temores en la guantera y dejarme ir. Y juro que ha sido de las felaciones que más he gozado. Por cierto, cuando esa noche llegué a casa, mi esposa Carmina quiso que la amara. Increíble que eso haya acontecido. Cada vez estamos más separados, pero finalmente se impuso. Estaba con ella, y lo que yo veía era la boca de Amaranta. La oía gemir y lo que yo escuchaba eran los gemidos de Amaranta. Sentía sus manos ásperas y grandes —Carmina ha trabajado toda su vida— y lo que yo sentía eran las manos pequeñas y frágiles de Amaranta. Supongo que gracias a estas intropoyecciones, logré excitarme y concluir.

Viene a mi mente otra experiencia.

Amaranta vive en casa propia. Miguel, su padre, se la heredó en vida por la simple razón de que su hija viva en un lugar seguro. Pues bien. En cierta ocasión invité a un par de amigos a beber a la casa. Está en la colonia Escandón, sobre las calles de Martí, a unos pasos de Patriotismo. Bebimos bastante. Como siempre. Digo que tengo casi 60 años, pero por mi trabajo —soy dueño de un taller de motos— estoy rodeado de jóvenes. Y los jóvenes —y algunos viejos, como yo— siempre están ávidos de vivencias, de tocar fondo. Aquella vez, Amaranta llevaba una falda que casi en su totalidad dejaba al desnudo sus muslos. Pero no he dicho lo hermosísima que es. De verdad. Esto puede sonar exagerado, e insistiré en que no lo es. Hasta las mismas mujeres —una mesera, una empleada de librería— han ponderado su belleza, sin más le han dicho lo bonita que es. Así pues, invité a dos de estos amigos a beber de un tequila que recién había adquirido yo en un viaje fugaz que hice a Ciudad Guzmán, Jalisco. Ella también bebió, y mucho. Todo era cordialidad y buena vibra, pero de pronto el tequila empezó a hacer de las suyas. La mirada sin dobles intenciones de aquellos hombres pronto se tornó grave y torva, y de sus labios escurrían palabras que más sonaban a procacidad que a gentileza. La conversación de ella, en cambio, era demasiado alegre, demasiado gentil. Como si en lugar de poner un hasta aquí a la presencia de los intrusos, los animara a no abandonar la casa por los siglos de los siglos. Yo me enfurecí. ¿Qué esperaba de ella?: ¿un gesto de solidaridad?, ¿una mueca en la que me diera a entender que no había que guardar temor alguno? No lo sé, aunque confieso que alcancé a percibir una sonrisa que a mí me pareció de complicidad. En fin. Claramente me percaté de que estaba radiante, de que para ella esa noche era el escenario de su estrellato. A la primera oportunidad los despedí. Desde luego ella se molestó, y casi los obligó a beber más con tal de que se quedaran otro rato.

## II

La ciudad de Oaxaca siempre ha representado para mí una extraña mixtura del cielo y el infierno. Conozco ciudades que tienen fama de intensas, como Chicago, Nápoles, Estambul, pero Oaxaca no les pide nada. No sé por qué razón, pero todo en Oaxaca roza en el extremo. O la gente es amable y cálida, o desconfiada y hostil. Y esta misma sensación se respira en sus calles. En el mercado. En sus rincones y recovecos. Aunado al mezcal. Para los turistas, el mezcal es algo así como el guía insobornable. El mezcal es un demonio. Quien lo bebe, sabe que va a emprender un viaje hacia sus interiores más profundos, a su propio precipicio, allí donde nadie se atreve a meter la nariz más de la cuenta.

Y yo lo hice. Al lado de Amaranta. Puse en sus labios la copa de mezcal con que Oaxaca nos dio la bienvenida.

Fuimos por insistencia de ella. Desde hacía mucho me lo había estado pidiendo. Quería caminar de mi cintura por aquellas esquinas, por aquellas avenidas peatonales. Y aclaro que de mi cintura porque en la ciudad de México siempre pesa sobre nosotros —más sobre ella que sobre mí— la sombra de Carmina, mi esposa. En cualquier momento se nos va a aparecer, dice, sonríe con cierto desafío, y me suelta la mano. Yo mismo sé que eso podría acontecer. Pero me la juego porque también sé que la vida es una moneda al aire. Que todo se puede venir abajo por circunstancias ajenas a nuestra voluntad. Aunque todo esté armado a la perfección. Que hay cónyuges que se cuidan hasta rayar en la demencia, y que de pronto se atraviesa algún incidente que nadie hubiera supuesto. Así que decidí echar todo eso por la borda y exhibirme con Amaranta sin ninguna precaución. Comérmela a besos donde se me diera la gana. Si la moneda caía águila o sol ya no era asunto mío sino del azar. Y si esto lo hacía en la ciudad de México, con mayor razón en Oaxaca. Desde los amigos con los que me topé, oaxaqueños de buena cepa, cuyas mujeres son amigas de mi esposa, hasta los lugares que visitamos. Galerías que suelo visitar precisamente con Carmina para adquirir pinturas de artistas oriundos de aquellas tierras. Acaso alguien se pregunte cómo es posible que el dueño de un taller de motocicletas coleccione pinturas, y yo podría contestarle que el arte siempre me ha fascinado. Quizás porque mi padre fue un escritor frustrado que jamás en la vida publicó un libro, pero que siempre me inculcó el gusto por la literatura y la plástica. Toda mi vida he devorado libros. Mi casa está atiborrada de volúmenes de poesía y de novela, y he comprado tantas pinturas que ya no caben. Llegó un momento en que las paredes fueron insuficientes. Hasta el baño fueron a dar. Y en la misma medida el motociclismo me atrae. Creo que es de las pocas sensaciones verdaderamente emocionantes a las cuales puede aspirar un hombre de nuestros días. Tuve una educación que iba de la universidad a la conducción y arreglo de motos. Me vanaglorio de no haber seguido la carrera de comunicación. Los grilletes vienen por otro lado.

### III

Llevábamos varios mezcales, cuando el hambre me hizo pensar en mi condición de diabético. No puedo sobrepasarme más de unas cuantas horas sin alimento, así que nos propusimos buscar un sitio donde comer. Nos encontrábamos en el Instituto de Artes Gráficas de Oaxaca, y alguien nos recomendó un restaurante de comida itsmeña. Nos fuimos para allá —con un pintor oaxaqueño que se nos unió en el instituto—, y apenas pusimos un pie en el restaurante, el mesero nos ofreció un mezcal *de prodigio* (ésas fueron sus palabras). Bebimos y casi de inmediato ordenamos de comer. Todo transcurrió sobre ruedas, como se esperaba; aunque para ser sinceros yo no le quitaba la vista a mi amigo el pintor. Amaranta lo había inquietado. De vez en cuando depositaba sus ojos en los ojos de ella —profundamente verdes, si es que el verde puede ser profundo—; por segundos, porque de inmediato los míos se interponían. La botella de mezcal fue bajando ostensiblemente. Si hubiésemos llevado la cuenta por copa, estoy seguro de que la habríamos extraviado siglos ha. Pero no sé este comentario a qué viene, porque a quién le puede importar llevar la cuenta cuando lo que se consume es mezcal. Sin embargo, por muy borracho que estuviera, me repetía que Amaranta no me podía engañar. Que encima de todo mi amigo el pintor me era leal. Leal como una carretera que no cambia al paso de los años.

Por fin terminamos y nos salimos de ahí. Más bien sumidos en el silencio nos alejamos del restaurante. La avenida Macedonio Alcalá se abrió ante nosotros como un mar de posibilidades. Aunque mi amigo salía sobrando.

Cierto es que siempre he sido proclive a compartir a las mujeres con las que ando. Sea el tipo de relación que sea. Lo mismo si se trata de la esposa que de la novia, de la amante que de la amiga ocasional. Y curiosamente ellas han accedido. Como si el hecho las atrajera. Como si desafiar ciertas normas les resultara inequívocamente atractivo. Acaso por peligroso. Pero en este ¿juego? ¿deporte? ¿entretenimiento?, siempre hay un lado de dolor y congoja, de desconsuelo y desdicha: ver a la mujer que amas en brazos de otro, o imaginártela, es un estímulo increíble para tu adrenalina sexual, pero también es un golpe a tu estructura: sientes que todo está perdido, que en medio de ese placer todo se está desmoronando. Y sobrevienen los celos más abyectos y devastadores. Quedas hecho polvo, mejor aún: ácido corrosivo del que gota a gota perfora metal y granito. Me pregunto por qué es tan fuerte y tan brutal. Y por qué no puedo dejar de hacerlo. O cuando menos de provocarlo.

En cuanto lo perdimos de vista, Amaranta me empezó a echar en cara por qué había despedido a mi amigo. Me dijo que yo era un cobarde y que en el fondo de mi corazón todo en mí era pusilanimidad. Que ni había sido artista ni corredor de motocicletas —aspiración, ésta última, que alguna vez, en mi juventud, había contemplado—, y que finalmente no era yo más que un mediocre y un cobarde —palabras que decía en un tono *cantadito*.

Yo ni le respondía. Qué caso hubiera tenido. Ya la conozco. No era la primera ni sería la última vez que afloraba una parte suya desagradable y provocadora. Dejé que el tiempo transcurriera y nuestros pasos nos llevaron a una cantina que se le conoce como La Muralla, que está enfrente del mercado 20 de Noviembre. No es precisamente la más recomendable para llevar a una mujer hermosa y distinguida. Pero esas cosas tampoco se piensan cuando el alcohol ha tomado el poder. Nos metimos y lo primero que hice fue preguntar por mi amigo, el dueño: Alejandro Cabrera. Pero no estaba. Nos sentamos hasta el fondo y pedimos nuestra jornada de mezcales. Que finalmente fueron cuatro. Cuatro rondas. La mirada libidinosa de los borrachos revoloteaba alrededor de la mesa. A tal punto que me empezó a inquietar más de la cuenta. Y eso para no hablar de las ganas de orinar de Amaranta. Cada vez que iba al baño me obligaba a levantarme e ir tras ella. Hasta que me harté. Pagué y salimos de allí.

## IV

Una vez más, emprendimos la caminata. Sin destino alguno. La quería abrazar y me quitaba el brazo de encima. Le quería hacer conversación y me eludía. Siempre me ha parecido incomprensible esta actitud de muchas mujeres, que se encierren en sí mismas y que no sea posible sacarles una palabra. Aun ebrias. Como si de ese modo las cosas fueran a resolverse.

Seguimos la orientación que caía de las estrellas y de pronto ya estábamos ordenando un mezcal más, pero ahora en un restaurante caro: Los Danzantes. Ordené además una botella de vino. Ella miraba hacia todos lados. Me voy, dijo. Pues lárgate, repuse yo. Cancelé el vino, pedí un whisky —según yo, para contrarrestar el efecto del mezcal— y un sirloin. Cené con la serenidad de un monarca que tiene todo resuelto en la vida, pedí mi cuenta —que obviamente no revisé— y me dirigí al hotel.

Pero he aquí que Amaranta no estaba.

Sentí que un relámpago me partía en dos.

Regresé una vez más a la calle y comencé a buscarla. Cada vez más preocupado, entraba a cuanto antro veía y revisaba el lugar. Nada. Nada de nada. A la preocupación sobrevino la ira y luego el nerviosismo más acuciante. ¿Dónde diablos se había metido? ¿Estaría con algún hijo de puta? ¿Me merecía yo eso? ¿O en ese momento, justo en ese momento, correría algún peligro? El alcohol —mejor dicho, el mezcal— no me dejaba pensar con claridad. Compré un whisky doble en algún antro y me lo llevé en un vaso desechable hasta el hotel. Intenté esperarla en el lobby, pero no aguante más. Subí a mi habitación, bebí de un trago el whisky que restaba, y caí dormido en calidad de fardo.

## V

No sentí cuando entró, no sentí cuando se acostó, pero sí sentí cuando se metió bajo las sábanas y me abrazó. No lo hubiera hecho. De inmediato me llegó el olor a semen. Hueles a hombre, le dije. No, no huelo a nada, bésame, hazme el amor. ¿Con quién estuviste cogiendo?, ¿quién te cogió, hija de tu puta madre?, le pregunté y le solté un golpe en la cara. Un hombre, un hombre me la metió hasta el fondo y me encantó. Pero no dejaba de pensar en ti. En que nos estabas espiando tras la ventana. Si lo hice, fue por ti, porque eso te gusta y te excita. Y yo estoy para complacerte. Ahora te amo más. Lo hice porque te amo, porque vine al mundo a hacer realidad tus fantasías. ¿Crees que lo hubiera hecho de no ser así? La puse en cuatro y la penetré. Conforme mi miembro se atascaba en su ano, no dejaba de gritarme que me amaba. Que lo nuestro era para siempre. Y yo sabía que estaba diciendo la verdad.

## VI

Dos años han transcurrido desde entonces. Dejé a mi esposa y no me he arrepentido. Respecto de Amaranta, no es posible llevarse la fiesta en paz con ella. Vive cada día hasta las últimas consecuencias. Golpearnos, embriagarnos, herirnos con cuanta maledicencia exista, se ha vuelto el pan cotidiano. Aunque no nos insultamos, jamás. Sí suelo meter un billete bajo su calzón, pero no nos insultamos. Como si se tratara de un acuerdo tácito. Una ley de guerra. Hemos hecho el amor con algunos cuantos amigos míos, y a veces de ella. Necesito de esa sensación que me libera como se necesita del oxígeno bajo el agua. Pero aquella experiencia de Oaxaca sigue siendo la que más me ha afectado. Aquella noche me confesó que no se había ido con mi amigo el pintor sino con un joven que se ligó —¿él a ella o ella a él?, otra pregunta que quedará en el aire por los siglos de los siglos— en aquel restaurante de comida itsmeña. En el baño se habían besado, a unos cuantos metros de donde yo estaba. Que se habían dado sus celulares, se habían escrito mensajes y que eso era todo. Me aseguró que nada de eso había trascendido para ella. Que de no ser por mí, le habría resultado irrelevante. Ni siquiera lo hubiera hecho. Por lo pronto no hemos vuelto a Oaxaca, ni creo que lo hagamos jamás. En cuanto a mí no he vuelto a encontrar la paz, y celebro que así sea.

## El despojo soy yo

Lo mejor de la borrachera es la cruda. Mienten quienes afirman que durante la borrachera se alcanzan niveles de comprensión y arrobamiento inequiparables, a cuyo lado la cruda es aburrida e intrascendente. Quienes afirman esto no le han arrojado su sensibilidad a las cucarachas. Les han dado otras sobras. Las que deja su mujer. Como la mía. Me gustaría sacarle el corazón y dejárselo a las cucarachas en un plato sopero, con arroz embarrado.

Así como hay putas que lamen los prepucios reblandecidos, estas cucarachas lamen los prejuicios estéticos durante la cruda, se regodean con ellos. O cuando menos eso es lo que yo siento, y que estoy sintiendo ahora mismo.

Empecé a beber hace dos días, hace 48 horas, hace dos fechas de esas que los niños apuntan en sus cuadernos, dos fechas que se han ido para no volver nunca. A estas alturas, ya pasé por un menú de destilados hasta llegar al vino tinto. Arranqué con tequila, a la vieja usanza, la que corresponde a mis 52 años, tequila derecho, sin refresco ni cascaritas ni hielo ni nada semejante. Recuerdo que estaba con Mónica. Las cosas iban bien. Pero algo me dijo de su marido que me encabronó. No le pareció suficiente con estarlo engañando conmigo —si lo engaña con alguien más a mí me importa un rábano—, sino que además se rió de él. Es demasiado. "Le ruge el hocico como a caño —dijo—, además de que es un ignorante: no sabe distinguir entre Borges y Dostoievski, los confunde. Imagínate." Lo de que le rugiera el hocico me dio igual, he conocido gente notable, cabronamente inteligentes y aguerridos, que les apesta la boca, total, yo qué, no voy a besársela a este individuo, pero lo otro, lo de que confundiera a Borges con Dostoievski, se me hizo pura pinche pose de una vieja esnob. Y no hay nada que me parezca más intolerante que una mujer vuelta la carretada de erudición, nomás para hacerse notar. Para entonces ya íbamos en el séptimo tequila. Y no recuerdo más. Sólo a mis labios diciéndole que todo hombre que es humillado merece respeto, y que su marido merecía mucho más respeto que ella, y que para qué alardeaba si ella misma no sabía la diferencia esencial entre el ruso y el argentino —como yo tampoco la sé, cosa que por supuesto no le dije, para qué darle pie a prolongar la conversación.

Seguro se encabronó, no tengo idea. Sólo sé que de pronto estaba bebiendo en una banqueta, solo. Que tenía conmigo una anforita de ginebra Oso Negro. Cómo agradezco haber vivido en una época donde puedes conseguir una anforita de Oso Negro por unos cuantos pesos y hasta en una casa cuna. Estaba en una banqueta de una calle que no es cualquier calle, es la calle de mi madre. Si agradezco que haya Oso Negro para llevar en la bolsa del pantalón, no agradezco que viva mi madre. Porque se tragó a mi padre, lo devoró como una rata devora una galleta. Hace mucho quise matarla, no hace mucho, un par de años. Lo platiqué con Míriam, y ella me dio ánimos. ¿Cómo podría matarla sin que nadie me pasara la factura? Le propuse a Míriam mi plan y le pareció fabuloso: metería una viuda negra debajo de la sábana de mi madre. La iría a ver y la metería cuando nadie se diera cuenta. No se requieren muchos huevos para esto. No es un crimen, es un deceso de muerte natural. De todos modos ya estaba ella con una embolia que la había dejado tullida y semimuda —oh, Dios, gran ventaja—, lista para morir. Así que fui con Míriam hasta San Ángel. Ahí hay montones de jardines y en consecuencia teníamos que encontrarnos un jardinero confiable. Y resultó. Dimos con un jardinero viejo, jodido, con la mirada perdida más allá de nosotros. Ando buscando una viuda negra. Si me consigue una, le doy su propina, le dije. Bueno, regrese al rato y se la tengo. Me fui a tomar un par de cervezas con Míriam y regresamos a la hora. Entonces abrió la mano, una mano dura, de piel a rayas enlodadas, y me la mostró: una viuda negra hecha bolita. Pero está muerta, le dije, como queriendo cerrar su boca llena de dientes cariados y de agujeros, por los que escurría una sonrisa de burla y gotitas de saliva. Usted no me dijo si la quería viva o muerta. Era obvio que el cabrón se estaba burlando de mí. Le di su propina y me largué. No alegué porque me pareció una premonición. Esa noche, que se prolongó hasta la mañana siguiente, amanecí llorando entre las piernas de Míriam. Hasta ahí llegó la muerte de mi madre.

Ahorita estoy enfrente de su casa. Tal como si lo que estuviera esperando fuera una mujer desnuda que se asomase por la ventana y me arrojara las llaves. Pero no. Mi madre tampoco se va a asomar. No puede ponerse de pie por sí misma. Es una inútil. Ni siquiera puede limpiarse el culo por sí misma. ¿Y si le aviento una piedra a su ventana y rompo el puto cristal? Eso sería maravilloso. Pero esa piedra tiene que llevar algo mío. Así que la escupí antes de lanzarla. Inmediatamente después

*Gusanos*

de que el cristal estalló, levanté los brazos al cielo y di las gracias a Dios por haberme permitido hacer esto.

¿Qué pasó después? No lo sé. Sé que estuve caminando por el centro. Pasé por algunas cantinas donde me quieren y soy bien recibido. De una en una. Por La Faena, por La India, por La Mascota, por Las Dos Naciones, y luego cambié de dirección y me fui por las calles de Luis González Obregón, por el rumbo de los impresores y los que escriben cartas, donde me gano la vida como evangelista. Veía venir a un hombre con los ojos atravesados por la desesperación, y lo detenía. ¿Quiere enviarle una carta a una mujer?, le preguntaba. Y la respuesta siempre era la misma: sí, pero no sé escribir. Que no era otra cosa que no sabían darle cauce a su pasión. Entonces lo llevaba a mi mesa de trabajo, metía el papel blanco a la máquina de escribir y le preguntaba el nombre de la mujer, no tenía que saber ningún otro dato. Lupita, me decía. No me dicte, decía yo. O Rosita. O Matilde. Y entonces yo escribía. Pura intuición, intuición mezclada con adrenalina. Líneas y líneas que hablaban de pasiones sutiles, de anhelos insatisfechos, o bien de enamoramientos torrenciales, pero siempre con una gran distancia de por medio, para no ofender, no sé si me explique. Entregaba la carta y aquel hombre me pagaba con los ojos cuajados de lágrimas (el dinero iba a parar a las manos del dueño del estanquillo; las lágrimas, a un klínex que siempre tenía yo a la mano). Bajo esos portales muchos trabajaban, y trabajan, haciendo lo mismo, pero yo me convertí en el más popular. No había vez que al momento de cerrar el changarro no dejara yo una larga cola de hombres con el corazón que quería salírseles.

No tengo idea de dónde proviene esta pestilencia que casi me hace vomitar. ¿Se pudrió un huevo? ¿Se quedó afuera el pescado? ¿O soy yo el que huele así? No, yo no. Son las tres de la mañana. Llevo más de dos horas en la cocina y no puedo concentrarme en nada. Sé la hora exacta porque marqué el teléfono de información para saberla. Y me enamoré de la mujer que me contestó. Fue tan amable. Le hice conversación y no me colgó. Le dije que estaban tocando dos ancianas desdentadas y que no les quería abrir. Que con sus maxilares sin dientes se estaban comiendo la madera de la puerta, pero que no les quería abrir. Que sus nombres eran depresión y tristeza. La anciana depresión y la anciana tristeza. Que venían vestidas de negro y rojo y que ya habían dejado las uñas en la puerta, pero que no les iba a abrir porque si entraban ya no había modo de sacarlas. Y que quería saber la hora y la fecha porque me urgía grabar la hora y la fecha en la puerta, para llevar un registro pormenorizado, que eso iba a hacer de ahí en adelante. Cada vez que se presentaran. Que tal vez así podría alejarlas. Porque si ponía una silla para atorar la puerta, el riesgo era que no pudieran salir. Fue entonces cuando me dijo la hora, el día, el mes y el año, y luego de preguntarme si deseaba yo que me comunicara con una persona que me podía escuchar, y yo le dije que no, me colgó. Pero no sentí nada, salvo agradecimiento.

Cuántas cosas tengo que agradecer, Dios mío.

Y todavía antes de colgar, me dijo, ¿por qué no oye un poquito de música o lee algo? Eso siempre ayuda.

¿Oír un poquito de música, leer algo, yo? Si ésa es la prueba de fuego por la que estoy pasando en este momento. Abrí mi *Madame Bovary* y lo eché al bote de la basura: no había ahí nada que un crudo pudiera leer sin que el sueño lo venciera (porque crudo viene de carne cruda, que no aguanta ninguna concesión ni complacencia alguna). Abrí enseguida *La montaña mágica* y se me cayó de las manos, parecía una yunta de dos toneladas que avanzaba a tres centímetros por hora. Son dos de mis libros favoritos y ahorita están ahí, reposando una mejor vida en el bote de la basura, vueltos cenizas. Y lo mismo me pasó con Alfonso Reyes y con Agustín Yáñez, nada de nada, parecían escritores balbucientes, que no tenían nada que decir al mundo, lecturas formidables para intelectuales y escritorcitos tan aburridos como ellos, pero no para crudos (crudo viene de carne cruda, que no hay que quitarle ni añadirle nada). Todo eso lo puse en el bote de la basura y le prendí fuego. Lecturas que he gozado muchísimo en otras circunstancias. Rocié los libros de alcohol y les prendí fuego. Hubieran visto la humareda que se hizo. Tuve que sacar el bote al patio, con riesgo de quemarme las manos, pero aun así había humo por todos lados. Y ni así se despertó mi esposa. Me odia tanto que en sus sueños puedo estar achicharrándome como un gurú oriental y ella lo único que hace es sonreír. Y yo creo que esto era justo lo que estaba soñando porque me acerqué a verla, y, pese a la humareda que se había colado hasta la recámara, lo único que distinguí fue su hermosísimo rostro —aun dormida se ve hermosa, al revés de lo que pasa con muchas mujeres, que despiertas se ven lindas y dormidas espantosas—, su tierna carita con una sonrisa de satisfacción que no se la acababa, pero que no se despierte y abra la boca porque entonces todo se va al diablo. Pero yo no podía reírme, ni en sueños, yo era el crudo y el náufrago. El despojo era yo. (¿Por qué mis padres no me pusieron por nombre "despojo"? Qué inmensa alegría me hubiera dado andar por el mundo repitiendo mi nombre.) Ese despojo que algún día se comerán las ratas.

Las ratas que ahorita, en este momento, hunden sus colmillos en mi cordura y me obligan a permanecer agazapado junto al teléfono, esperando un indicio de vida. No tiene caso que yo marque. Para qué. Salvo la mujer de información, cualquier persona que escuche mi voz me cuelga. La gente que me rodea, incluidos amigos y conocidos de toda ralea, está harta de mí. La cruda se pone por delante y no provoco más que repulsión, a veces ni eso, sólo fastidio, lo cual es peor. Pero aun así tengo que *hablar* con alguien. Mejor podría atisbar por la ventana, observar el paso de la gente y de plano invitar a cualquier gente a que suba y beba conmigo. Y mi mujer durmiendo. No sé para qué tengo mujer. Cuando menos no tengo que lavar mis calzones. No sé por qué me odia como lo hace. Sí lo sé. Cómo no voy a saberlo. Por inútil, por muerto de hambre, porque nadie cree en mí. Una mujer como ella debe entregarle su vida a un escritor que provoque furor, que los editores se lo disputen, que por donde pase se cuadren, y que haya legiones de lectores esperando un autógrafo. No a un escritor como yo, que vive de corregir lo que hacen otros, las estupideces que escriben otros que con trabajos saben dividir una palabra en sílabas, pero que a pesar de eso tienen el reconocimiento que yo no tengo. Por eso me odia. Porque no cumplí sus expectativas. Pobre de ella. Se casó con una promesa y ahora es esposa de un fracaso espectacular y comprobado. No es ningún motivo de orgullo estar casada con una autoridad en el fracaso.

¡Ya me acordé!

Sí tenía que haber hecho algo más. Si no es tan fácil. Tantas horas no se pueden ir al caño así como así. El ducto de mi memoria está bloqueado de tanto sarro.

Fui a ver a mi padre. Lo pasé a ver al Panteón Francés —no me pregunten por qué está ahí, lo ignoro, en su sangre no había una pizca de burbujas champañeras sino puro ron—, simplemente lo fui a ver para llevarle flores y cruzar unas cuantas palabras con él. Cómo no me acordaba de dónde había estado, carajo. Mi padre. Quería estarme con él unos cuantos minutos y ya, pero no pude. Se me vino el mundo encima y yo quería contarle tantas cosas. Entonces saqué la siguiente anforita de Oso Negro y brindé con él. Porque siempre llevo dos. Y de todas aquellas cosas que iba a decirle no pude articular palabra. De mi pinche boca no salió palabra alguna. Sólo sonidos guturales, como si yo fuera un hombre de las cavernas que contemplase a su padre muerto. Sólo bosquejos de plegarias, como si yo fuese un hombre del medievo y su padre se le acabara de morir en los brazos. Sólo palabras cortadas por la mitad. Qué mortalmente aburrida se estaba poniendo mi padre conmigo. Qué nauseabunda aburrida se habrá puesto conmigo. Quién le manda haber esperado cosas de mí. Siempre.

No quiero dormirme sin intentar tocar a mi mujer. No caer como fardo a su lado y quedarme jetón, semimuerto, sino intentar tocarla, amarla, poseerla. Eso quiero. Un poco de su cuerpo me puede dar energía y quietud, las dos cosas al mismo tiempo. Creo que un hombre no necesita más. Sólo vigor esquina con tranquilidad. Para qué pedir más.

Entro sigilosamente a la recámara. Tiene una pierna afuera de las sábanas. Se durmió en calzones. La luz proveniente de la calle alumbra en tonos de azul aquella piel que mis amigos desean y que por lamerla se les hace agua la boca. Me gusta calentarlos así. Por eso cada vez que los invito a beber a mi casa le ordeno a ella que se ponga una falda corta, la más corta que tenga, que les permita a ellos atisbar sin preocupaciones. Que estén con la verga parada y yo vea el bulto bajo el pantalón. Por eso también embarro su hermosa cara con mi semen, para que la huelan y me huelan a mí a través de ella, de que la besen al momento de saludarla y despedirse; porque no es cualquier semen, es el que le escurre luego de que la amo. Viene de ella. De sus oquedades más profundas.

Estoy a unos milímetros de su muslo. Ella está de lado, con una almohada entre los brazos, la abraza como si fuera un ser, un hombre o una mujer, lo que sea, pero un ser. Esa almohada es un ser. Deposito mis labios en su muslo y comienzo a lamerlo. Ella gime. No sé si estos gemidos sean producto de lo que esté soñando o del placer de sentir mi lengua en su piel, pero gime. Hago la sábana a un lado y ahora embarro mi lengua por la cadera con dirección a su sexo. Me acerco aún más. Estoy a un par de centímetros de esa matita de pelo que tan bien conozco y ya desde aquí percibo su olor. Siempre me ha obnubilado el olor del sexo de mi mujer (llevo siempre conmigo unos calzones de ella, por supuesto sucios, que funcionen a modo de talismán; los saco, los huelo y le pido a Dios que no me asalten, que sobreviva ese día, que encuentre trabajo, lo que sea, y siempre se me cumple; el siguiente paso es que se los dé a oler a mis amigos, a ver qué cara ponen; pero si alguien reconoce el olor se puede considerar hombre muerto). Estoy a unos milímetros del putero y hago a un lado el calzoncito. ¿Seguirá dormida o estará fingiendo? La abro de piernas y, aun en esta oscuridad mortecina, alcanzo a percibir sus labios en toda su dimensión. Dios mío, qué sexo increíble y todito para mí. Meto la lengua hasta el fondo y lamo y succiono. Lo hago una vez más, y otra, y otra. Empieza a escurrir en mi boca. Está más cachonda que una perra callejera. Ahora sí está gimiendo en serio. Me saco la verga y se la meto. Qué delicia. Con qué suavidad entra. Es el estuche perfecto para mi verga. La cruda me permite gozar más estos momentos. Aguanto más. Tardo más en venirme. La cruda funciona como una especie de contenedor. Que no te vengas a lo estúpido, sino que goces más. Hasta el delirio.

*Gusanos*

Me vengo como un torrente. Y mi mujer no ha abierto los ojos. Ni menos ha dicho mi nombre. Sólo me entierra las uñas, me abraza con las piernas y gime y grita como loquita.

Salgo de la recámara y abro otra botella de vino tinto. Pongo a Bruckner —"¿por qué no oye un poquito de música?, eso ayuda"—, un adagio. Esta música me da tanta paz como cuando tengo a tiro la quijada de un hombre.

Por cierto, el olor provenía de una rata en estado de putrefacción que se encontraba debajo del refrigerador. Quién sabe cuánto tiempo llevaría ahí.

## Epílogo

### Borges no ha muerto

Se trata de una farsa urdida entre él y dos personas más: su esposa, María Kodama, y su abogado y albacea: Osvaldo Vidaurre, quien se encargó de dar la noticia a las agencias informativas.

Desde su natal Buenos Aires, Borges concibió la idea; quizás como trama de un posible cuento, quizás como uno de esos rasgos suyos tan característicos, con los que suele confundir a propios y extraños.

Lo primero que hizo fue trasladarse a Ginebra y alojarse en el hotel L'Arbalette, de donde, según se dice, es uno de los principales accionistas. Allí trazó su plan con la exactitud de un geómetra griego. Lo más inteligente era correr el rumor de una muy probable enfermedad hepática; cáncer, para no ir más lejos. Su edad —86 años—, aunado a las constantes alusiones a la muerte, daría un gran margen de credibilidad; lo segundo, sobornar a un médico lo suficientemente flexible —y firme— como para sostener la muerte del escritor ante las cámaras y micrófonos de los medios. Y en ambas empresas tuvo éxito.

Paul Pierné, médico internista de no mal ver, que hacía cerca de doce años se vio envuelto en un escándalo por practicar abortos a jovencitas adineradas, se prestó a las mil maravillas. Encantado porque las cosas marchaban sobre ruedas, Borges fijó para el 14 de junio de 1986 el ansiado día de su fallecimiento.

\* \* \*

Pero esto va demasiado aprisa. En realidad, habría que remontarse seis meses atrás: la Navidad de 1985. Borges se encontraba cenando, en compañía de su esposa y su abogado, cuando advirtió que desde aquella célebre falsa alarma creada por el genio de Orson Welles, en Nueva York, no se había vivido nada semejante; pues bien, él, Jorge Luis Borges, el ficcionario, crearía una hazaña más audaz aún: su propia muerte. Y si el proyecto tuvo relevancia para llevarse al cabo en el papel —lo cual no habría pasado de un poema más, de un cuento más—, pronto fue adquiriendo cuerpo hasta convertirse en la más grande y original tomada de pelo desde 1938 a la fecha.

Eusebio Ruvalcaba

* * *

Disculparse por no poder asistir a conferencias, por ser incapaz de recibir premios en persona, por eludir compañías, aun tratándose de viejos amigos —y con gran pesadumbre, como en los casos de Graves y Yourcenar—, fue parte de la estratagema del señor Borges. Y las visitas del médico. En el hotel L'Arbalette se hicieron habituales. Paul Pierné pasó a ser la concurrencia más familiar. Entraba y salía constantemente, con equipo o sin él; inclusive se pensó en la asistencia de una enfermera; pero María Kodama se negó rotundamente; ella cuidaría día y noche la salud de su conspicuo esposo.

Así, con la paciencia que da el saber que se está en el camino correcto, transcurrieron los tres meses precedentes a su muerte. Con la más fina simulación, se propaló entre los empleados del hotel el rumor de que el maestro se encontraba sumamente enfermo, pero que no dejaba de trabajar en la edición de su poesía completa que le preparaba Gallimard en la exclusiva colección de Clásicos Vivos, y en la confección de un ensayo comparativo entre la prosa mesurada de Joseph Conrad y la atingencia poética de Emily Dickinson. Al parecer, nada detenía el fecundo genio de Borges; situación que —como se sabe— él, en lo personal, habría preferido no hacerla del conocimiento vulgar pero que en este caso ornamentaría más su muerte.

A las cinco horas cuarenta y siete minutos de la mañana del 14 de junio, Osvaldo Vidaurre, el fiel abogado, tomó el auricular y marcó el número del consulado argentino en Ginebra. Pidió hablar urgentemente con el ministro, Leopoldo Tettamanti. Se le rogó que esperara, que llamara en horas hábiles, pero él insistió en que era un acontecimiento que afectaba la propia nación argentina. Por fin, el diplomático se puso al teléfono y éstas fueron las palabras de Vidaurre:

—Señor Tettamanti, tengo la pena de comunicarle que hace menos de cinco minutos falleció el maestro Jorge Luis Borges.

Con eso bastó. De allí en adelante, los cables recorrieron el planeta de un punto al otro hasta no dejar un solo punto sin la trágica información. El cementerio de Plainpalais sería el lugar en el que reposarían los restos del polígrafo, cerca de la tumba de Jean Calvino. Y mientras María Kodama lloraba en silencio a un cadáver de cera mandado hacer exprofeso, seis meses antes, a Pierre Michaux, escultor de algunas de las figuras más notables del Museo de Cera de París, un venerable anciano —que había abandonado L'Arbalette disfrazado de madre superiora— traspasaba las puertas de una modesta casa de campo, contigua al castillo de Lohengrin, en las orillas del inmarcesible Rin.

## Índice

| | |
|---|---|
| El nombre de ella | 9 |
| Una noche con Leonard Cohen | 11 |
| Dilema | 13 |
| El vuelo del búho | 17 |
| Mi madre | 19 |
| Mi mujer odia a los borrachos | 21 |
| En una esquina de la ciudad de México | 23 |
| —Podríamos pensar en un martes. | |
|     —O en cualquier otro día. | 27 |
| Bajo el agua | 29 |
| Él era todo, menos cobarde | 31 |
| Ten | 35 |
| El coleccionista de almas | 37 |
| El robo | 41 |
| Jornada de trabajo completa | 45 |
| Ése era el día | 47 |
| Los héroes | 51 |
| La traición | 53 |
| Sígase de frente | 55 |
| El tesoro | 59 |
| Estigma | 61 |
| El vaso delator | 63 |
| —¿Ya desayunaste? | |
|     —No, ¿y tú? | 65 |
| Fokin sol | 69 |
| Los perros | 73 |
| La Casa de Juan | 77 |

| | |
|---|---|
| Todas las decisiones son equívocas | 81 |
| Diego | 83 |
| El mensaje de una macana | 87 |
| Dios estaba de su lado | 89 |
| Así aceleraría su muerte | 91 |
| El ángel guardián | 93 |
| Un alma delicada | 95 |
| Semejante a un trueno | 97 |
| El contingente | 99 |
| —Y eso, ¿cómo se resuelve?<br>    —No tiene solución. | 101 |
| Viniera de quien viniera | 103 |
| El último de los evangelistas | 105 |
| El sentido de la vida | 109 |
| Siempre es mejor estar a punto de irse<br>    que a punto de volver | 113 |
| Juego de luces | 117 |
| La mesa cuatro | 121 |
| Sus temores se pulverizaron | 125 |
| El buen Eucario | 129 |
| Flashazo | 131 |
| Un bicho en su estudio de escritor | 135 |
| Gusanos | 139 |
| U/n padre ejemplar | 141 |
| La ofensa | 143 |
| Una noche en Oaxaca | 145 |
| El despojo soy yo | 153 |
| | |
| Epílogo | |
| Borges no ha muerto | 161 |

*Gusanos*, de Eusebio Ruvalcaba,
fue impreso y terminado en febrero de 2013,
en Encuadernaciones Maguntis, Iztapalapa,
México, D. F. Teléfono: 5640 9062.
Preprensa: Daniel Bañuelos Vázquez

Cuidado de la edición: Rosario Cortés